हिन्द पॉकेट बुक्स

महान वीरांगना

झांसी की रानी

लक्ष्मीबाई

भारत की पावन धरती पर सदा ही वीर नारियां जन्म लेती रही हैं, जिनकी गौरव गाथाएं सदियों से सुनी जाती रही हैं। स्वतंत्रता आन्दोलन की महान नायिका रानी लक्ष्मीबाई अपने साहस और वीरता के कारण देशवासियों के लिए एक आदर्श बन गई हैं। युद्ध भूमि में उन्होंने जो साहस दिखाया, उसकी चर्चा आज भी होती है और सभी इनकी वीरता की मिसाल देते हैं।

झांसी की रानी की जीवन–झांकी को इस पुस्तक में बहुत ही सरल भाषा में और रोचक ढंग से लिखा गया है, ताकि इसे आसानी से याद भी किया जा सके। रेखाचित्रों से यह जीवन–गाथा सजीव हो उठी है और इसके अंत में एक प्रश्नोत्तरी भी दी गई है, ताकि आप अपनी परीक्षा स्वयं ले सकें।

सुरुचिपूर्ण एवं प्रेरणादायक सचित्र जीवनी

महान वीरांगना

झांसी की रानी लक्ष्मीबाई

अवधेश कुमार चौबे

हिन्द पॉकेट बुक्स
पेंगुइन रैंडम हाउस इम्प्रिंट

हिन्द पॉकेट बुक्स

यूएसए। कनाडा। यूके। आयरलैंड। ऑस्ट्रेलिया। सिंगापुर
न्यू ज़ीलैंड। भारत। दक्षिण अफ़्रीका। चीन

हिन्द पॉकेट बुक्स, पेंगुइन रैंडम हाउस ग्रुप ऑफ़ कम्पनीज़ का हिस्सा है,
जिसका पता global.penguinrandomhouse.com पर मिलेगा

पेंगुइन रैंडम हाउस इंडिया प्रा. लि.,
चौथी मंजिल, कैपिटल टावर -1, एम जी रोड,
गुड़गांव 122 002, हरियाणा, भारत

पेंगुइन
रैंडम हाउस
इंडिया

प्रथम हिन्दी संस्करण हिन्द पॉकेट बुक्स द्वारा 2013 में प्रकाशित
यह हिन्दी संस्करण हिन्द पॉकेट बुक्स में पेंगुइन रैंडम हाउस द्वारा 2022 में प्रकाशित

10 9 8 7 6 5 4 3 2

इस पुस्तक में व्यक्त विचार लेखक के अपने हैं, जिनका यथासंभव तथ्यात्मक
सत्यापन किया गया है, और इस संबंध में प्रकाशक एवं सहयोगी
प्रकाशक किसी भी रूप में उत्तरदायी नहीं हैं।

ISBN 9789353494117

मुद्रकः रेप्रो इंडिया लिमिटेड

www.penguin.co.in

क्रम

जन्म और बचपन

उन दिनों कन्या का जन्म शुभ नहीं माना जाता था। कन्या को बोझ और पराया धन समझा जाता था, लेकिन इस कन्या के बारे में ऐसा नहीं हुआ। इस कन्या को तो बेटे से भी बढ़कर सम्मान दिया गया। धूमधाम के साथ नवजात कन्या का जन्मोत्सव मनाया गया। चिमाजी ने जी खोलकर पैसे लुटाए। मोरोपन्तजी ने भी यथाशक्ति राजा के दास-दासियों को उदारतापूर्वक दान दिया। भागीरथीबाई के पास जो भी एक-दो आभूषण थे, वे भी दासी को ही भेंट कर दिये गए। अच्छे-अच्छे पंडितों का शुभागमन हुआ। काफ़ी उधेड़-बुन के बाद पंडितों ने उस अपूर्व शिशु का नाम मणिकर्णिका रखा।

धीरे-धीरे मणिकर्णिका बढ़ने लगी। चूंकि अशिक्षित दास-दासियों से 'मणिकर्णिका' शब्द का शुद्ध-शुद्ध उच्चारण नहीं हो पाता था, अतः प्यार से लोगों ने उसे मनु कहना प्रारम्भ कर दिया। बहुत ही प्यारा नाम है मनु! मनु बालपन में सबको मोहने लगी। मासूम से चेहरे पर हर समय मुस्कान बिखरी रहती थी। साक्षात् लक्ष्मी या दुर्गा की अवतार लगती थी वह। बालपन में ही एक से बढ़कर एक साहसिक कार्य को अंजाम देने लगी थी वह। इसलिए ऐसे कार्यों की चर्चा होना भी स्वाभाविक ही था।

अतः घर-घर में मनु के पराक्रम की चर्चा चलने लगी। एक दिन भागीरथीबाई किसी घरेलू कार्य में व्यस्त थीं। मनु अपनी गुड़िया के साथ बरामदे में खेल रही थी। मनु के साथ विविध प्रकार के खिलौने बरामदे की शोभा बढ़ा रहे थे – हाथी, ऊंट, बत्तख, सुग्गा, चूहा, बिल्ली, बाघ, मोर, घोड़ा आदि समस्त खिलौनों के साथ वह हंस-हंस कर खेल रही थी। तभी उसकी दृष्टि अचानक

सड़क की ओर गई। उसने देखा कि एक खूबसूरत सवार अपने घोड़े पर चढ़कर सरपट चाल में घोड़े को दौड़ाते हुए शहर की ओर चला आ रहा है।

अब क्या था, वह भी अपने काठ के घोड़े पर बैठ गई और उसे सरपट चाल में दौड़ाने की कोशिश करने लगी। घोड़ा सजीव हो, तब तो दौड़े! मनु पसीना-पसीना हो गई; किन्तु घोड़ा आगे नहीं बढ़ा। अन्त में मजबूर होकर वह फूट-फूटकर रोने लगी। देखते-देखते लोगों की भीड़ लग गई, "मनु तो रोती नहीं, आज क्या हुआ कि फूट-फूटकर रोने लगी।'

"क्यों रोती हो मनु बिटिया, क्या किसी ने मारा है!"

"नहीं हमें किसी ने नहीं मारा!"

"तो फिर रोना किस बात पर आया हमारी बिटिया रानी को।"

"हमारा घोड़ा दौड़ नहीं रहा है।"

"ओह!" वह हंस दी थी, "यह तो काठ का घोड़ा है, यह भला कैसे चलेगा!"

"तो कैसा घोड़ा चलता है!"

"असली घोड़ा!"

"तो हम भी असली घोड़े की सवारी करेंगे।"

"बिटिया अभी तुम असली घोड़े की सवारी नहीं कर सकतीं!"

"क्यों...क्यों नहीं कर सकते हम असली घोड़े की सवारी?"

"क्योंकि अभी तुम बहुत छोटी हो?"

"हम छोटी क्यों हैं?"

"क्योंकि भगवान ने तुम्हें छोटी बनाकर भेजा है।"

"भगवान ने हमें क्यों छोटी बनाकर भेजा है।"

"ताकि सबकी लाडली रहो।"

"तो फिर हम घोड़े की सवारी कैसे करेंगी।"

"जब तुम बड़ी हो जाओगी।"

"हम कब बड़ी होंगी।"

"जब तुम रोज-रोज दो-दो गिलास दूध पिओगी।"

"ठीक है, तो हम आज ही दो नहीं चार गिलास दूध पीना शुरू करेंगी, ताकि हम और जल्दी बड़ी हो जाएं।"

"चलिए तो, दूध आपकी प्रतीक्षा कर रहा है।"

और दासी उसे दूध पिलाने के लिए ले गई।

एक दासी मनु का खेल देख रही थी। उसी के द्वारा हाल सबको मालूम हुआ। बाद में मनु ने भी रोने का कारण बताया। चलते वक्त सबके मुख से निकला ठीक ही यह दुर्गा की अवतार है। यह दुर्गा की अवतार कालांतर में वीरांगना रानी लक्ष्मीबाई के नाम से इतिहास में प्रसिद्ध हुई। रानी लक्ष्मीबाई का जन्म 19 नवंबर, 1835 को काशी के पुण्य व पवित्र क्षेत्र असीघाट में हुआ था। इनके पिता का नाम मोरोपंत तांबे और माता का नाम भागीरथीबाई था। इनका बचपन का नाम मणिकर्णिका रखा गया, परन्तु प्यार से मणिकर्णिका को मनु पुकारा जाता था। पिता मोरोपंत तांबे एक साधारण ब्राह्मण और अंतिम पेशवा बाजीराव द्वितीय के सेवक थे। माता भागीरथीबाई सुशील, चतुर और रूपवती महिला थीं।

बिठूर के पथ पर

जो इस दुनिया में आता है, उसे एक न एक दिन जाना ही होता है। कुछ लोग जल्दी चले ज़ाते हैं, तो कुछ लोग थोड़ा आगे-पीछे, लेकिन जाना तो सबको होता ही है। फिर भला चिमाजी अप्पा इस दुनिया में अमर बनकर कैसे रह सकते थे। समय की गति के आगे उनकी भी एक नहीं चली और एक दिन वे इस दुनिया से कूच कर गए।

उस दिन अंधेरी कोठरी में मोरोपंतजी अपनी धर्मपरायण पत्नी भागीरथी के साथ पलंग पर बैठे थे। मनु वहीं पर खिलौने के साथ खेलने में व्यस्त थी। उसे क्या मालूम कि मृत्यु क्या है? जीवन क्या है?

"प्राणनाथ! अब चिन्ता करने से क्या होगा?" भागीरथी ने अपने पति से कहा था, "जन्मोपरान्त हर इन्सान की यही गति होती है। धैर्य धारण कीजिए और इस "मनु' के लालन-पालन के लिए कोई अच्छा इन्तजाम कीजिए! ...आखिर कुछ तो करना ही पड़ेगा। जीवन के लिए तो जीविका चाहिए ही। बिना कुछ किए अब ये जीवन आगे कैसे चलेगा।"

"हां, सो तो है ही। अब धैर्य धारण करने के सिवाय दूसरा रास्ता ही क्या है? जाने वाले को इस संसार में कौन रोककर रख सकता है। जीविका के सम्बन्ध में भी तुम ठीक ही कह रही हो।"

"प्राणनाथ!"

"कहो प्रिये, क्या कहना चाहती हो!"

"...लेकिन?"

"लेकिन क्या?"

"जीविका के साथ-साथ देश और धर्म की रक्षा भी करनी है। जीविका तो ऐसी होनी चाहिए, जिससे देश, धर्म और स्वाभिमान की रक्षा हो सके।"

"हां भाग्यवान तुम ठीक कहती हो, जीविका ऐसी नहीं होनी चाहिए, जिससे पेट तो चले, किन्तु देश और धर्म की दुर्गति रुक जाए। लेकिन ऐसा कहां?

"खासकर भारत में तो अभी अत्याचार का बोलबाला ही है। न जाने इसके भाग्य में क्या लिखा है? राम और कृष्ण की धरती पर अन्याय, दुराचार और शोषण। हमारे गाढ़े समय का साथी एक ही था और वह था चिमाजी; किन्तु उसे तो भगवान ने छीन लिया। अभी तो जहां जाएंगे वहां सब गर्दन पर छुरी फेरने वाले ही मिलेंगे।"

"सच पूछो प्रिये, तो आजकल हमारे अधिकांश भारतवासी चांदी के जूते के बल पर देशभक्ति की खरीद-विक्रय कर रहे हैं। देशभक्ति साथी को तो आज घुट-घुट कर मरना पड़ रहा है।"

"मरना...तो फिर जीना किसका है!"

"जानती हो आज खुशी पूर्वक कौन जीता है?"

"कौन जीता है भला?"

"जो अंग्रेजों के तलवे चाटता है, जो अच्छी तरह ठाकुर सुहाती करना जानता है, जो पैसे के लोभ में आकर अपनी प्रतिष्ठा भी लुटाता है, वही सुखी है, वही सानन्द है, उसी में नैतिकता है, और वही अपने आपको भारत माता की सन्तान कहता है। सचमुच देश का बड़ा दुर्भाग्य हो चला है।"

"हां स्वामी देश का दुर्भाग्य ही तो चल रहा है, अपने लोग अपनों से शत्रुता और शत्रुओं से मित्रता का भाव रखते हैं।"

"भाई...भाई ही होता है, भले ही उसमें शत्रुता का भाव हो, लेकिन शत्रु शत्रु ही होता है, भले ही उसमें मित्रता का भाव हो" मोरोपन्त ने अनैतिक भारतवासियों के प्रति घृणा का भाव प्रकट करते हुए भागीरथी से कहा, "देश की एकता, अखण्डता और आपसी भाईचारे को आज न जाने किसकी नज़र लग गई है।" और फिर उन्होंने आंखों में उमड़े हुए आंसुओं को धीरे से पोंछ लिया।

अभी वार्तालाप चल ही रहा था कि बिठूर से पेशवा बाजीराव द्वितीय का, जो चिमाजी के भ्राता थे, एक पत्र आया।

"किसका पत्र है?" भार्या ने पूछ ही लिया था।

"हमारे भ्राताश्री का है।"

"क्या लिखा है?"

"बिठूर आमंत्रित किया है, उसे हमारी बहुत चिंता रहती है।"

"हां अपनों को चिंता नहीं रहेगी, तो फिर किसको रहेगी।"

"हम तो नाहक ही परेशान हो रहे थे।"

"वह कैसे!"

"यही सोच बैठे थे कि लोग अपनापन भूल गए हैं।"

चर्चा के बाद उस अनुरोध-पत्र को पढ़कर मोरोपन्त जी सपरिवार बिठूर जाने की तैयारी करने लगे।

पेशवा बाजीराव द्वितीय एक महान देशभक्त थे। उन्हें अंग्रेज़ों का भारत में अधिग्रहण करना खटकता रहता था, लेकिन वे कुछ ज़्यादा कर नहीं सकते थे, क्योंकि उनके पास साधन सीमित थे। उस दिन पेशवा बाजीराव अपने राजकीय अध्ययन-कक्ष में एक सजी-सजाई कुर्सी पर बैठे थे। सामने एक गोल-मेज़ रखा हुआ था। टेबल पर पानी का एक गिलास ढका हुआ था। कुछ आवश्यक कागज़ रखे हुए थे। कई धार्मिक ग्रंथ भी रखे हुए थे। उन ग्रंथों में सबसे ऊपर गीता विराजमान थी। वे कुछ लिख रहे थे, लेकिन लिखते-लिखते उनकी क़लम अचानक ही रुक गई और वे चिंता में डूब गए थे। दिवंगत भ्राता चिमाजी के व्यक्तित्व का मानचित्र उनके मानस-पटल पर अंकित हो उठा था, "कैसा व्यक्तित्व था उनका। आजीवन उन्होंने अपने संकल्प की रक्षा की। अंग्रेज़ों के मनसब को ठुकराकर काशी चले गए। संकटग्रस्त होते हुए भी उनके हृदय से सेवा की भावना कभी विलुप्त नहीं हुई, लेकिन अचानक उस महान् आत्मा की आंखें भी बन्द हो गईं। गंगा माता की गोद में भारत माता का वह लाडला हमेशा के लिए सो गया। ...महाराणा प्रताप चले गए। छत्रपति शिवाजी भी चले गए, किन्तु उनका नाम

तो नहीं गया है। वह तो आज भी, भारत क्या, विश्व के कण-कण में गूंज रहा है। वस्तुतः नाम की तो मौत नहीं होती। यदि ऐसा होता तो फिर राम और कृष्ण की पूजा हम आज भी क्यों करते? ठीक ही है, ये लोग शायद इसलिए अमर हैं कि इन्होंने देश की स्वतंत्रता और मानव कल्याण के लिए महान कार्य किए हैं। ये सभी किसी न किसी माता के गर्भ से मनुष्य ही पैदा हुए थे, लेकिन लोगों ने इन्हें भगवान का दर्जा दे दिया। बात भी ठीक है, कोई भी व्यक्ति जन्म से महान नहीं बनता, किसी उच्च कुल में जन्म लेकर महान नहीं बनता, वरन् महान तो वह अपने कर्मों से ही बनता है। इसलिए राम-कृष्ण भी यदि भगवान बने, तो वे अपने कर्मों के कारण ही भगवान की पदवी पा लिए हैं। किसी कवि ने ठीक ही कहा है –

पैदा होना फिर मर जाना।
दुनिया का ये ढंग पुराना।
जीना तो बस उसी का है।
जो काम औरों के आता है।

अभी उपसंहार पर पहुंचे ही थे कि पुनः बाजीराव की आंखों से आंसू आने लगे। होता ही है। आखिर इस मानव-हृदय को पत्थर कैसे बनाया जाए। उन्होंने आंसू पोंछे और सोचा कि बाहर जाकर कुछ समय के लिए "नाना' और "राव' के साथ जी बहला लेता हूं। तभी एकाएक नाना साहब और राव साहब ने खेलते-कूदते उनके अध्ययन कक्ष में प्रवेश किया।

पिता को रोते हुए देखकर नाना साहब भी चिंतित से हो उठे थे। बाजीराव ने नाना साहब को गोद लिया था और रावसाहब नाना साहब के सहोदर अनुज थे। नाना साहब का एक और भी छोटा भाई था, "बाला'; किन्तु उस समय वह बिठुर में नहीं रह रहा था।

"पिताजी, आप इस अध्ययन कक्ष में बैठकर क्यों रो रहे हैं?"

"बेटा किसी का स्मरण हो आया है।"

“कौन हैं वे अति स्नेहप्रिय, जिनके प्रेम ने आपकी आंखों में आंसू ला दिए।”

“बेटा! एकाएक तुम्हारे चाचा चिमाजी की याद हो आयी थी।”

“तो इसमें आंसू बहाने की क्या बात है? आप तो हम लोगों को यही शिक्षा देते हैं कि तुम्हारे चाचा मरे नहीं हैं। उनका शरीर हम लोगों की आंखों से ओझल हो गया है। उनकी आत्मा तो हम लोगों के साथ है। आत्मा की मृत्यु कभी होती नहीं, तो फिर आप रो क्यों रहे हैं?”

नाना साहब की स्मरण शक्ति पर आश्चर्य प्रकट करते हुए उन्होंने कहा, “हां, बेटा! तुम बिल्कुल ठीक बोल रहे हो। आत्मा कभी मरती नहीं। आत्मा को न तो जलाया जा सकता है और न ही काटा जा सकता है, आत्मा तो अजर-अमर होती है।”

“तो फिर आपका यह विलाप?”

“बेटा मैं आत्मा के लिए नहीं रोता हूं। बचपन की बात याद आने लगी थी, और आज उनके उस रूप को नहीं देखता हूं, इसीलिए रोना आ गया।” और वार्तालाप के विषय को बदलने के उद्देश्य से उन्होंने कहा, “देखो, अब कहां रोता हूं। तुम्हारी बात कैसे नहीं मानूं। बच्चा तो भगवान होता है।”

नाना और राव हंसने लगे। नाना को गौरव का अनुभव हुआ। पुनः हंसते-हंसते उसने मनु के विषय में पूछा, “पिताजी, आपने कल जिस मनु की चर्चा की थी, वह तो नहीं आई।”

“हां, ठीक ही याद दिलाया। आज ही तो वह आने वाली है। खेलने-कूदने में मनु तुम लोगों से भी अधिक होशियार है।”

“लेकिन वह है कौन? किसकी बेटी है? किसकी पोती है? उसके बाबा के पिताजी का क्या नाम था? उसके परिवार के विषय में तो हम लोग कुछ भी नहीं जानते हैं, फिर अपने राजमहल में उसको रहने कैसे देंगे। पिताजी, आप ही तो कहते हैं कि किसी भी अनजान आदमी को अपने राजमहल में मत रहने दो। पहले उसका इतिहास जान लो, कि वह अच्छा मनुष्य है या

चोर-डाकू है। यदि वह अच्छा मनुष्य है, तो उसकी आवभगत करो, उसकी सेवा करो, भोजन दो, पानी दो..."

"इसका अर्थ है कि तुम लोग मनु के परिवार की कहानी सुनना चाहते हो?"

"हां, पिताजी! हां, पिताजी!!" नाना और राव खुशी से नाच उठे।

"महाराष्ट्र में सतारा के निकट वाई नाम का एक गांव है। उस गांव में कृष्णराव ताम्बे नाम के एक व्यक्ति रहते थे। पेशवा के राज्यकाल में उन्हें एक अच्छे पद पर नियुक्त किया गया था। वे बहुत बड़े देशभक्त थे। आजीवन उन्होंने पेशवा राज्य की सुरक्षा का ख्याल रखा। कृष्णराव ताम्बे को एक पुत्र हुआ जिसका नाम उन्होंने बलवन्तराव रखा। कृष्णराव के मरने के बाद बलवन्तराव भी पेशवा की सेना में भर्ती हो गए। ये तो अपने पिता से भी अधिक पराक्रमी निकले। अपनी ईमानदारी एवं वफादरी के कारण इन्होंने भी पेशवा की सेना में बहुत ही ऊंचा पद प्राप्त किया। ये भी बहुत धार्मिक स्वभाव के व्यक्ति थे।

"बलवन्त जी के दो लड़के हुए, एक मोरोपन्त और दूसरा सदाशिव। ये दोनों हमारे कृपा पात्रों में से थे। इन्हें मैं अपने भाई की तरह मानता था।"

"ओह तो ये बात है।"

"हां बात तो यही है।"

"तो फिर आगे की कहानी का क्या हुआ?"

"सुना रहा हूं भई, बीच में प्रश्न करोगे, तो हवा के झोंके की तरह कैसे सुना सकता हूं भला।"

"प्रश्न नहीं करूंगा, तो शंकाओं का समाधान कैसे होगा?"

"ठीक है! ठीक है! शंकाओं का समाधान भी करते रहो।"

"तो बताओ आगे उस लड़की के परिवार के विषय में?"

"सन् 1818 ई. की बात है। उन दिनों हम लोग पूना में रह रहे थे। अंग्रेजों में मुठभेड़ हुई। बहुत दिनों तक संघर्ष करने के बाद भी हम लोग अंग्रेज़ों को नहीं हरा सके। अंग्रेज़ों ने पेशवाई खत्म कर दी और मुझको आठ

लाख रुपया वार्षिक पेंशन एवं बिठूर की जागीर देकर यहां आने के लिए विवश कर दिया। उसी समय तुम्हारे चाचा, चिमाजी अप्पा काशी चले गए। उन्होंने अंग्रेजों का मनसब स्वीकार नहीं किया। मोरोपन्त जी भी उन्हीं के साथ सपरिवार काशी चले गए। वे ही मोरोपन्त मनु के पिता हैं। मनु की मां का नाम भागीरथी बाई है। काशी में ही मनु का जन्म हुआ था। वह देखने

में बहुत सुन्दर है। तुम लोग यह नहीं महसूस करोगे कि मनु पेशवा खानदान की नहीं है। समझे न!"

"समझ गए।"

"अच्छा एक बात बताओ?"

"पूछो, क्या पूछना चाहते हैं आप?"

"तुम लोगों ने छत्रपति शिवाजी का नाम सुना होगा...।"

"पिताजी, वीर शिवाजी को भला कौन नहीं जानता! वीर शिवाजी तो शिव के अवतार थे। हम आर्यों को स्वतंत्रता एवं स्वाभिमान का पाठ तो उन्होंने ही पढ़ाया है। आप ही तो कहते हैं कि शिवाजी ने मुग़लों को छठी का दूध याद करा दिया था।"

"हां, वीर शिवाजी ने मुग़लों को छठी का दूध स्मरण करा दिया था। इस बात में कोई शंका नहीं।"

"हम कहां शंका कर रहे हैं, अच्छा, तब तो मनु भी वीरांगना होगी।" नाना ने आश्चर्य प्रकट करते हुए कहा।

"हां, तो इसमें सन्देह की क्या बात है। वीरांगना तो वह होगी ही, क्योंकि वीर परिवार में जन्म लिया है।"

तभी पहरेदार ने आकर कहा, "महाराज मोरोपन्त जी सपरिवार बिठूर में आ गए हैं। लोगों ने चारों तरफ से उन सबको घेर लिया है। उनकी गोद में एक बहुत ही सुन्दर बच्ची भी है। वह हंस-हंसकर बोलती है। किसी से डरती भी नहीं।"

"बहुत अच्छा, तुम चलो, मैं अभी आता हूं।" बाजीराव ने पहरेदार को कहा और नाना साहब तथा राव साहब के साथ स्वयं भी मोरोपन्त से भेंट करने के लिए चल पड़े।

मोरोपन्त बड़े ही मिलनसार व्यक्ति थे। सबने मोरोपन्त जी का स्वागत-सत्कार किया। मनु को देखकर सभी ने अपने-अपने नयन जुड़ाए। स्त्रियों का तो कहना ही क्या? देखते-देखते राजमहल के प्रांगण में स्त्रियों की भीड़ लग गई। सबके मुख से एक ही वाक्य निकलता, "हे भगवान! ऐसी खूबसूरत और

हंसोड़ लड़की तो हमने अपने जीवन में कभी देखी ही नहीं।" निवास-स्थान का इन्तजाम तो पहले ही कर दिया गया था। मोरोपन्त जी प्रसन्नतापूर्वक जीवन-यापन करने लगे। जो मनु काशी में सबको रुलाकर चली आई थी, वह अब बिठूर में आकर सबको हंसाने लगी। वह सब की प्यारी पुत्री बन गई और समस्त जनता-जनार्दन उसके माता-पिता बन गए। बाजीराव स्वयं नाना की तरह उसको भी प्यार करते। नाना, राव और मनु में भाई-बहन का-सा सम्बन्ध हो गया। जन्म से भले ही न सही, वरन हृदय से तो दोनों एक-दूसरे को भाई-बहन के संबंधों में बांध ही चुके थे। इतना तो कोई अपनी सगी बहन को भी नहीं चाहता होगा, जितना नाना ने मनु को स्नेह दिया। उसकी हर हठ पूरी करते थे। खिलाते-पिलाते और कभी-कभी हास्य-विनोद में प्रेम से रुलाते भी थे।

लेकिन मनु को न तो हास्य-विनोद प्रिय था और न ही गुड्डे-गुड़ियों का खेल। वह तो वीरों जैसे खेलों को पसंद करती थी। मलखम्ब, कुश्ती, तलवार-बन्दूक चलाना, अश्वारोहण, पढ़ना-लिखना आदि तीनों ने छुटपन से एक ही साथ प्रारम्भ कर दिया। चूंकि बाजीराव के परिवार में भी बच्चियों का अभाव था, अतः बच्चों के साथ ही मनु अच्छी तरह घुल-मिल गई।

एक दिन प्यार-भरे शब्दों में बाजीराव ने कह दिया, "हमारी बिटिया तो छबीली मालूम पड़ती है।" तब से सबके सब मनु को "छबीली' कहकर पुकारने लगे।

एक दिन भागीरथी बाई ने पुकारते हुए कहा भी, "मणिकर्णिका से मनु, मनु से छबीली और छबीली से क्या बनेगी रानी।" जितने भी लोग आंगन में बैठे थे, सभी ठठाकर हंस दिए।

"रानी क्यों बनेगी मनु?" किसी ने कहा था।

"तो क्या बनेगी।"

"महारानी।" उसने गंभीर स्वर में अपने हृदय की बात कह दी थी।

"आपके मुंह में उसी दिन घी शक्कर, जिस दिन मनु महारानी बनेगी।"

"नहीं घी शक्कर तो हम आज ही खाएंगे, मनु का महारानी बनना तय है, तो फिर घी शक्कर के लिए लंबा इंतजार कौन करे भला।"

"अच्छी बात है।" भागीरथी बाई घी शक्कर ले आई थीं और सबका मुंह मीठा करा दिया था, किन्तु माता का प्यार मनु को अधिक दिनों तक नहीं मिल सका। वह छुटपन में ही पन्त और मनु को छोड़कर अकस्मात इस संसार से चल बसीं। कुछ दिनों तक तो पन्त जी भी काफी उदास रहे। मनु भी बहुत दुबली-पतली हो गई। समाज ने संतोष बंधाया। भविष्यवाणी की पुनरावृत्ति हुई, "गुदड़ी का लाल! पूनम का चांद! दुर्गावतार!' और फिर यह भविष्यवाण ी, "उस दिन से लगभग चार वर्षों के बाद तुम इस धराधाम को छोड़कर चली जाओगी, जिस दिन तुम्हारी पवित्र गोद में पूनम का चांद खिलेगा...।'

सोचते-सोचते मोरोपन्त जी उंगली पर ही मनु के जन्म की गणना करने लगे। वस्तुतः मनु अभी चार ही साल की हुई थी, लेकिन कौन कह सकता था कि मनु चार साल की है? उसके क्रिया-कलापों को देखने से ऐसा प्रतीत होता था कि वह सात-आठ साल की लड़की होगी।

और हठात् वे शब्द भी याद आने लगे, जो काशी से प्रस्थान करते वक्त भागीरथी बाई के मुख से निकले थे और जिसके लिए मोरोपन्त जी को हार्दिक तक़लीफ़ भी हुई थी, "प्राणनाथ! वस्तुतः यह हमारी और आपकी बेटी नहीं है। यह तो भारत माता की बेटी है और दुर्गा तथा काली बनकर उनके पैरों की ज़ंजीर काटने आई है। मैं रहूं या न रहूं, इसके संपूर्ण विकास में किसी तरह की कमी नहीं होनी चाहिए।'

इस प्रकार काफी चिन्तन-मनन एवं उधेड़-बुन के पश्चात् मोरोपंत जी ने धैर्य धारण किया और मनु को भारतमाता की धरोहर समझकर उसका पालन-पोषण करने लगे। उनकी तो बस एक ही इच्छा थी कि मनु जल्द से जल्द बड़ी हो जाए और कुछ ऐसा कर दिखाए, जिससे भारत का भावी इतिहास स्वर्णिम शब्दों में प्रकाशमान हो उठे।

उस दिन नाना साहब घुड़साल की ओर चले, तो मनु ने भी कह दिया, "भैया!"

"क्या बात है बहन?"

"हम भी आपके साथ चलेंगे।"

“अरे हमारे साथ कहां चलोगी?”

“जहां आप जाओगे।”

“हम तो अश्व की सवारी करने जा रहे हैं।”

“हम भी जाएंगे।”

"भला कोई लड़की भी अश्व की सवारी करती है क्या?"

"क्यों नहीं कर सकती लड़कियां अश्व की सवारी, क्या हम किसी से कम हैं?"

"नहीं...नहीं तुम किसी से कम नहीं...लेकिन...।"

"लेकिन क्या?"

"लड़कियां तो अबला होती हैं, अश्व से गिरकर चोट लग गई तो।"

"हमें गिरकर संभलना आता है, जो गिरकर संभला नहीं, वह वीर ही कैसा!"

"लेकिन पिताजी से पूछ लो...।"

"इसमें पिताजी से क्या पूछना...हमें मना थोड़े ही करेंगे। हमें तो वह प्यार से कभी बेटा कहते हैं और कभी छबीली।"

"देखो, चोट लग गई तो हमें दोष नहीं देना।"

"नहीं देंगे दोष, लेकिन हमें घुड़सवारी तो सिखाओगे ना।"

"हां, वह तो हम सिखा देंगे।"

"और यदि हम गिर पड़े तो उसका ज़िम्मेदार कौन होगा जानते हो?"

"कौन होगा?"

"आप होंगे।"

"क्यों?"

"क्योंकि आप ही तो घुड़सवारी सिखाओगे और यदि हम गिर पड़े तो इसका अर्थ होगा, आपने हमें घुड़सवारी के सभी गुर नहीं बताए।"

"ओह! बड़ी चालाक हो!"

"और नहीं तो क्या?" कहकर वह हंस दी थी।

"ठीक है, तो चलो।" वे घुड़साल की ओर चल पड़े थे। वहां अश्व पर सवार होकर भागीरथी के तट की ओर बढ़ चले और फिर घुड़सवारी का उन्हें चस्का लग गया। हर दिन घुड़सवारी किए बिना उन्हें चैन नहीं आता था।

उस दिन गंगा तट पर पहुंचकर तीनों एक-दूसरे के दाएं-बाएं खड़े थे। सभी राजसी पोशाकों में थे। सूर्यास्त होने में सिर्फ़ एक घंटे की देर। ऐसा

प्रतीत होता है, मानो भगवान सूर्य भी "घुड़दौड़' का परिणाम जानने के लिए व्यग्र हैं। दर्शकों की संख्या लगभग दो हज़ार।

अश्वारोहियों में बालिका है, जिसकी उम्र बारह साल से कुछ अधिक और तेरह साल से कुछ कम है। दो बालक हैं, जिनमें एक की उम्र लगभग सोलह साल की है और दूसरे की लगभग चौदह साल की।

अश्वारोहण देखने के लिए लोग बड़े ही उत्सुक थे।

सबसे आगे नाना साहब सोलह वर्ष का बालक। उसके पीछे रावसाहब, चौदह वर्ष का बालक और सबसे पीछे मनु, बारह और तेरह साल के बीच की बालिका।

दर्शकों ने तालियां बजाईं। गगनभेदी नारे गूंज उठे,

"नाना साहब—जिन्दाबाद!'

"राव साहब—जिन्दाबाद!'

अरे, यह क्या हुआ! अश्वारोही लौट रहे हैं?

सबसे आगे मनु। उसके बाद नाना साहब और सबसे पीछे राव साहब। लोग एक बार फिर उत्सुक थे।

नाना साहब के घोड़े को ठोकर लगी। वह घोड़े पर से गिर गए। चोट सिर्फ सिर में ही नहीं, दाहिने हाथ में भी।

लहूलुहान राव साहब रुक गए। घोड़े पर से उतर भी गए। लेकिन अपने अश्व पर घायल नाना साहब को साधें कैसे? साहस ही नहीं। तभी मनु ने पीछे की ओर देखा। लौट पड़ी। आवाज निकली – "क्यों राव साहब, नाना साहब को क्या हुआ? चोट उनको लगी और किंकर्त्तव्यविमूढ़ आप हो गए। वाह री बहादुरी! यही मलखम और कुश्ती का परिणाम है?"

तभी नाना साहब की चीख सुनाई पड़ी, "ओह, आह! काफी चोट लगी है...!"

बालिका मुस्कराई, "वाह नाना साहब! आपने तो कमाल कर दिया। थोड़ी-सी चोट नहीं आई कि रोना आ गया। इसी का नाम साहस है? महाराणा प्रताप और छत्रपति शिवाजी की बराबरी का स्वप्न देखने वाला थोड़ी-सी चोट खाकर

उदास हो गया। जो खून से डरता है, वह स्वाधीनता की लड़ाई कैसे लड़ेगा, स्वाधीनता रक्त मांगती है, स्वाधीनता बलिदान मांगती है और यही हाल रहा, तो फिर स्वाधीनता का क्या होगा? क्या स्वाधीनता यूं ही दासी बनकर रहेगी और हमें चिढ़ाती रहेगी।”

अब क्या था, बात ही बात में मनु ने नाना साहब को अपने घोड़े पर बैठाया और स्वयं उचककर पीछे जा बैठी। घोड़ा आगे बढ़ा। दर्शक देखते ही रह गए और मनु अपने घोड़े पर नाना साहब को साधे हुए राजमहल के प्रांगण में पहुंच गई। मनु के पराक्रम को देखकर अन्य सज्जनों को तो आश्चर्य हुआ ही, स्वयं बाजीराव और मोरोपन्त जी को भी कम आश्चर्य नहीं हुआ।

नाना साहब को उदास देखकर पेशवा बाजीराव ने साहस बंधाया, “कोई बात नहीं बेटा! जो पहलवान लड़ता है, वही तो गिरता है, जो लड़ेगा ही नहीं वह गिरेगा क्या? तुम्हारे जैसे साहसी युवक को थोड़ी-सी चोट के लिए घबराना नहीं चाहिए। तुम्हें तो सारे राज्य की बागडोर अपने हाथ में थामनी है। देश को आज़ाद कराने के लिए तो वर्षों तक शत्रु का मुकाबला करना होगा। न जाने कितनी बार घोड़े से गिरोगे और फिर चढ़ोगे। विजयी होना चाहते हो, तो संकट के समय मुस्कराना सीखो,” मनु और राव साहब की ओर घूमकर बोले, “बेटा, तुमने आज बहुत बड़ा काम किया है। कभी-कभी युद्ध के मैदान में भी ऐसा हुआ करता है। अतः अभी से घायल साथियों की सुरक्षा का तरीका सीखो। एक ही रोज में कोई पंडित नहीं हो जाता। वर्षों तपस्या और साधना करने के बाद मनुष्य को लक्ष्य की प्राप्ति होती है।”

बातचीत चल ही रही थी कि एकाएक मालूम हुआ कि झांसी से दीक्षित जी आए हैं। पेशवा बाजीराव दीक्षित जी से मिलने चल पड़े थे।

विवाह संस्कार

आर्यों में सोलह संस्कार माने गए हैं। इन सभी संस्कारों में विवाह संस्कार सबसे अधिक महत्व रखता है, क्योंकि विवाह संस्कार ही न हो, तो फिर संतान प्राप्ति नहीं होगी और संतान प्राप्ति न हो, तो फिर न तो किसी की वंशबेल बढ़ेगी और न ही सृष्टि वृद्धि करेगी और यह दुनिया वीरान हो जाएगी।

बिठूर का रंगमहल बड़ा ही सुंदर था। उस दिन उसके राजकीय दर्शक-गृह में पेशवा बाजीराव द्वितीय एक खूबसूरत मसनद पर बैठे थे; हाथ में हुक्का था और मेज़ पर पान, सुपारी, जर्दा आदि रखे हुए थे। बगल की कुर्सी पर मोरोपन्त ताम्बे बैठे थे और वहीं पर सामने, तात्यां दीक्षित जी का भी आसन लगा था।

झांसी के शासन-प्रबन्ध और पारिवारिक समाचार पूछने के बाद पेशवा बाजीराव ने स्वयं मनु की शादी की चर्चा चलाई,

"दीक्षित जी, मैं तो आपको बुलाने ही वाला था। एक-दो दिन में मेरा दूत आपके पास जाता।"

"क्यों सरकार? मेरे जैसे साधारण आदमी से हुजूर का कौन काम सध सकता है।"

"ऐसी बात मत बोलिये दीक्षित जी। भगवान ने इस संसार का निर्माण ही इस ढंग से किया है कि कोई भी व्यक्ति अपनी समस्त आवश्यकताओं की पूर्ति स्वयं नहीं कर सकता। एक-दूसरे के सहयोग पर ही तो यह संसार चलता है।"

"हां, सो तो है ही हुजूर। यदि ऐसा न होता तो श्रीमान की तरह अन्य

राजा-महाराजाओं के दरबार में भी हजारों कर्मचारी, सलाहकार और सन्तरी आदि क्यों रहते! गुण की पूजा हर जगह होती है, सरकार!"

"हां, गुणों का ही तो महत्व है हमारी संस्कृति में।"

इसके बाद मोरोपन्त ताम्बे की ओर संकेत करते हुए बाजीराव ने कहा, "बात ऐसी है कि मोरोपन्त जी की एक सुपुत्री शादी करने योग्य हो चुकी है। योग्य वर कहीं मिलता ही नहीं। आपका क्षेत्र तो बहुत बड़ा है। यदि थोड़ा भी कष्ट करेंगे, तो अच्छा-से-अच्छा वर ढूंढ सकते हैं।"

"विवाह बंधन तो ईश्वर के यहां से ही तय होकर आते हैं।"

"वह तो ठीक है, लेकिन यहां भी तो किसी-न-किसी को तो तय करना ही होता है कि ईश्वर की इच्छा क्या है?"

"हां, यह तो है किसी को सपना तो नहीं आता कि अमुक का विवाह अमुक के साथ होना निश्चित है।"

"शादी-विवाह का प्रश्न तो बड़ा जटिल होता है। जीवनसाथी अच्छा मिला, तब तो ठीक ही है, यदि नहीं, तो लड़की का सम्पूर्ण जीवन कष्ट में ही व्यतीत होता है।" दीक्षित जी ने गम्भीरतापूर्वक कहा।

"हां, दीक्षित जी! यह आपका बहुत बड़ा अनुग्रह होगा। जीवन का प्रश्न है। चार वर्ष की उम्र में ही मनु की मां मर गयीं। तब से मैंने ही इसका लालन-पालन किया है। क्या कहें पंडित जी! आप तो विद्या धनी हैं, शास्त्री-आचार्य हैं, इसको देखकर ही इसके संस्कार का पता लगा लेंगे। सच कहता हूं दीक्षित जी। हमारी मनु पुरुष का संस्कार लेकर जन्मी है। तलवार चलाना, बन्दूक से निशानेबाजी करना, मलखम्ब में हाथ आज़माना आदि इसके प्रतिदिन के काम हैं। अश्वारोहण में तो यह पुरुषों के भी कान काटती है। पूजा-पाठ में भी वह किसी से कतई कम नहीं है...।"

मोरोपन्त जी अभी बोलते ही जा रहे थे कि बीच में बाजीराव ने टोक दिया, "और वह सीताजी वाली कहानी जरा दीक्षित जी को सुना दीजिए।"

"हां, हां, एक दिन रामभट्ट गोडसे, जो नियमित रूप से बच्चों को शिक्षा देते हैं, रामायण की कहानी सुना रहे थे। जब सीताहरण का प्रसंग आया और

अध्यापक महोदय ने यह कहा कि भिक्षुक के रूप में एक दिन रावण नाम का राक्षस सीताजी की कुटी में पहुंचा। और भिक्षा की याचना के बहाने उसने सीता जी को लक्ष्मण-रेखा से बाहर आने के लिए मजबूर कर दिया। आखिर भारतीय नारी जो ठहरीं। बन्धन के अन्दर रहकर भिक्षा कैसे देतीं, किन्तु ज्योंही सीता जी लक्ष्मण-रेखा से बाहर गयीं, कि बलपूर्वक उस भिक्षुक ने, जो रावण था, अपने विमान में बैठाकर उनको लंका ले गया।"

बाजीराव ने मुस्कराते हुए कहा, "इस पर मनु ने क्या कहा, यह भी कहिए।"

इस पर मनु ने कहा, "मां सीता के पास उस समय तलवार नहीं थी क्या? यदि मैं होती, तो तत्क्षण रावण को नरक पहुंचा देती।"

इसके बाद बाजीराव ने स्वयं अश्वारोहण की कहानी सुनाई कि किस तरह अश्वारोहण में मनु की विजय हुई और किस कौशल के साथ वह नानाजी को भी अपने घोड़े पर चढ़ाकर रंगमहल में ले आई।

मनु के शस्त्र-कौशल और पौरुष की कहानी सुनकर दीक्षित जी आश्चर्यचकित हो गए। इसके बाद उन्होंने जन्मपत्री की मांग की। मोरोपन्त जी स्वयं गए और मनु की जन्मपत्री लेकर शीघ्र ही लौट आए।

जन्मपत्री पढ़ने के बाद दीक्षित जी ने ऊपर की ओर सांस खींची और कहा, "महाराज, मेरी उम्र भी अब साठ से अधिक ही होगी, लेकिन ऐसी जन्मपत्री मैंने अपने जीवन में कहीं नहीं देखी। यह कुमारी तो साक्षात् दुर्गा का अवतार है। इसका विवाह तो किसी राजा के साथ होगा।"

"राजा के साथ!" चौंक पड़े थे वह, "यह कैसे सम्भव हो सकता है पंडित जी! किसी राजा के घर में जाने का सौभाग्य एक सलाहकार की बेटी को कैसे मिलेगा।" उन्हें किसी संत की भविष्यवाणी भी याद हो आई थी, जिन्होंने मनु के बारे में कहा था कि एक दिन यह महारानी बनेगी और सारे संसार को अपनी वीरता का भान कराएगी।

"भाग्य की गति किसी के टालने से भी नहीं टल सकती।" दीक्षित ने कहा, "पूर्व जन्म के कर्मों का फल तो इस बालिका को मिलेगा ही।"

"पूर्व जन्मों का फल!"

"हां पूर्व जन्मों का फल, इसने पूर्व जन्म में कोई महान कार्य किया है, जिसके कारण इस जन्म में इसके भाग्य में विश्वविख्यात महारानी होना लिखा है।"

"लेकिन क्या भाग्य पर विश्वास किया जा सकता है?"

"क्यों नहीं किया जा सकता! शास्त्रों की वाणी को भला कैसे ठुकरा सकते हो।"

"हां यह तो है।"

"उसके भाग्य में रानी होना लिखा हुआ है, तो हम-आप उसकी भाग्य रेखा को कैसे मिटा देंगे। ...आज ही झांसी वापस जाना है, अतः जाने की अनुमति दें।" दीक्षित ने अपने कार्यक्रम का खुलासा किया।

"अच्छी बात है," पेशवा बाजीराव ने कहा, "कृपया जन्मपत्री आप ही लेते जाएं और जितना शीघ्र हो सके किसी अच्छे घर वर की सूचना हम लोगों को दें।"

ज्योंही दीक्षित जी जाने की तैयारी करने लगे, त्योंही दरवाजे की ओर से मनु, नाना और राव आदि दौड़ते हुए दर्शक-गृह में आए। बाजीराव ने स्वयं तीनों से दीक्षित जी का परिचय कराया। दीक्षित जी को भी बड़ी प्रसन्नता हुई; क्योंकि संस्कारी मनु को अपनी आंखों से देख लिया।

मनु को देखकर उन्होंने प्यार से पूछा, "क्या नाम है बेटा तुम्हारा?"

"मेरा नाम तो मनु है।"

"मनु का क्या अर्थ होता है?"

"जो दूसरों के मन की पीड़ा को समझे और उनका कष्ट हरे।"

"बहुत खूब!"

"वह तो ठीक है, लेकिन श्रीमान् का भी कुछ न कुछ नाम होगा ही।"

"मेरा नाम तात्यां दीक्षित है।"

"अच्छा, तब तो आपको अच्छे साथी मिले। मेरे यहां भी तात्यां नाम के

एक व्यक्ति हैं।" बाजीराव एवं मोरोपन्त जी ने भी 'हां' में 'हां' मिलाई। मनु ने फिर प्रश्न पूछना आरम्भ कर दिया, "लेकिन तात्यां का अर्थ क्या होता है?"

"जो दूसरों को चित कर दे।"

"आप कुश्ती लड़ते हैं?"

"नहीं।"

"तीर-तलवार चलाते हैं?"

"नहीं।"

"बन्दूक से निशानेबाजी करते हैं?"

"नहीं।'

"घोड़े पर चढ़ते हैं?"

"नहीं।"

"तब क्या करते हैं, किसको चित करते हैं और कैसे करते हैं?"

"पूजा-पाठ एवं अध्ययन-अध्यापन में ही मेरा अधिकांश समय व्यतीत होता है, इसलिए मैं असुर प्रवृत्तियों को चित करता हूं।"

"देश पराधीन है और आप पूजा-पाठ में समय गंवाते हैं।"

"क्यों क्या पूजा पाठ नहीं करनी चाहिए।"

"करनी चाहिए, पर यह भी तो पता होना चाहिए कि किसकी!"

"तो किसकी करनी चाहिए?"

"भारत माता की, जो जन-जन की माता है।"

"अच्छा तो कैसे करते हैं भारत माता की पूजा?"

"अस्त्र-शस्त्र चलाने सीखना चाहिए और शत्रुओं की पराधीनता से मुक्ति के लिए प्रयास करना चाहिए।"

"लेकिन तात्यां का इतना बड़ा अर्थ तो नहीं।"

"क्यों नहीं है, यहां के तात्यांजी तो अस्त्र-शस्त्र चलाने में बहुत कुशल हैं।"

तभी नाना जी ने कहा, "चलो मनु, घोड़ा दरवाजे पर आ गया।" और नाना, राव एवं मनु वहां से चले गए।

बाजीराव एवं मोरोपन्त जी को मनु का व्यवहार अच्छा नहीं लगा। वार्तालाप के समय मनु को डांट भी खानी पड़ी, लेकिन दीक्षित जी बहुत प्रसन्न हुए। चलते वक्त उन्होंने कहा भी, "भव्यानां भवितव्यानां प्रथमः स्यात् शुभावहम्।

बिठूर से आने के पश्चात् दीक्षित जी का ध्यान झांसी के राजा गंगाधर राव की जन्मपत्री की ओर गया। सोचने लगे, "राजा साहब की उम्र लगभग चालीस वर्ष की हो चुकी है। यद्यपि उनकी पत्नी का देहावसान हो चुका है और वे दूसरी शादी करने के पक्ष में भी नहीं हैं, तथापि कोशिश करने में कोई हर्ज नहीं।

राजा साहब की जन्मपत्री के साथ अभी तक किसी भी राजकुमारी की जन्मपत्री का मेल नहीं बैठ रहा था, किन्तु इस समस्या का समाधान तो आसानी से हो गया। मनु और राजा गंगाधर राव के ग्रह तो एक ही समान तेजस्वी हैं और मुहूर्त तो अच्छे हैं ही। कोशिश करनी चाहिए।

राजा साहब से बातचीत हुई। अपने प्रयास में दीक्षित जी को मनोवांछित सफलता भी मिली। अब क्या था, दोनों तरफ से विवाह की तैयारी की जाने लगी।

एक दिन विवाह का शुभ मुहूर्त भी आ ही गया। दीक्षित जी की चातुरी के कारण दोनों पक्ष प्रसन्न थे। गायन-वादन एवं नृत्य की झंकार से झांसी का वायुमण्डल गूंज उठा। राज्य के कोने-कोने में खुशियां मनाई गईं। पुरस्कार के रूप में रुपए और वस्त्र-आभूषण बांटे गए।

मुग़ल खां ने ध्रुवपद सुनाया। उस्ताद को भरपूर इनाम भी दिया। जूही, दुर्गा एवं मोतीबाई ने तो अपने नृत्य से मानो झांसी में इन्द्रपुरी को ही बुला दिया।

ज्योंही विवाह का मुहूर्त निकट आया, शहनाई गूंजने लगी, पंडितों के मंत्रोच्चारण प्रारम्भ हुए; महिलाओं ने विवाह गीत के माधुर्य से वहां के वातावरण को ही प्रेममय बना दिया।

पाणिग्रहण समारोह बड़े ही शुभ समय में हुआ। हलकी-फुलकी बूंदा-बांदी के बीच विवाह संपन्न हुआ। सभी ने नव वर-वधू को हार्दिक शुभकामनाएं दी।

संस्कार की साक्षात् मूर्ति

मनु को बहुमुखी प्रतिभा जहां जन्मजात और विरासत में मिली थी, वहीं उसने अपनी योग्यता एवं मेहनत से भी अपने भाग्य का निर्माण स्वयं ही किया था। यदि वह मेहनत नहीं करती, तो भला उसके भाग्य का उदय कैसे होता। मनु वास्तव में संस्कारों की साक्षात् मूर्ति थी। विवाह बंधन में बंधने के बाद बिठूर की छबीली अब झांसी की लक्ष्मीबाई बन गई। परम्परा के अनुसार विवाहोपरान्त मनुबाई का नाम अब लक्ष्मीबाई रख दिया गया। वह रनिवास, जो वर्षों से वीरान बना हुआ था, अब हरा-भरा हो गया। झांसी में पुनः आशा के दीप जलने लगे। जनता-जनार्दन को मनोवांछित रानी मिली। ईश्वर की अनुकम्पा होगी तो कुछ दिनों के बाद किशोर राजा भी मिलेंगे। रानी के कोमल स्वभाव का राजा के कठोर स्वभाव पर भी अच्छा प्रभाव अवश्य ही पड़ेगा। अब राजा साहब पहले की तरह अन्याय नहीं कर सकते। रानी का हृदय मोम की तरह मुलायम मालूम पड़ता है। सुनते हैं, गरीबों के दुःख को देखकर वह रो भी पड़ती हैं। अगल-बगल की जो भी महिलाएं उनसे मिलने आती हैं, सबके साथ वह बड़े प्रेम के साथ मिलती हैं। यदि इनकी जगह कोई दूसरी रानी होती, तो विवाहोपरान्त इतने शीघ्र पास-पड़ोस की महिलाओं से मिलती भी नहीं, लेकिन यह तो नमक और तेल के विषय में भी सबों से पूछती रहती हैं। तभी तो दीक्षित जी भी बोल रहे थे, “लक्ष्मीबाई झांसी के लिए साक्षात् देवी बनकर आई हैं।”

इतना ही नहीं, उनकी हार्दिक इच्छा है कि अंग्रेज भारतवर्ष को छोड़कर चले जाएं। अन्यथा मजबूर होकर भारतवासियों को उनके विरुद्ध भीषण संग्राम

करना होगा। देश के कोने-कोने में खूनी क्रान्ति होगी। अतः हे ईश्वर! हमारी महारानी को दीर्घायु करो, ताकि अंग्रेज़ों के कुठाराघात से भारतवासियों की रक्षा हो सके।

इस प्रकार झांसी नगर एवं उनके आस-पास के गांवों में जनता-जनार्दन के बीच लक्ष्मीबाई की देश-भक्ति, विनम्रता एवं जनता के प्रति सद्भावना आदि की काफी चर्चा चल रही थी। धीरे-धीरे झांसी के स्त्री, पुरुष, बच्चे सभी महारानी लक्ष्मीबाई को झांसी की लक्ष्मी के रूप में पूजने लगे।

यहां पर उनके जीवन की एक अभूतपूर्व घटना उल्लेखनीय है। संध्या के सात बजे थे। महारानी अपनी कक्ष में स्वर्णाभूषणों से सुसज्जित होकर शैया पर बैठे-बैठे कुछ सोच रहीं थीं। अकस्मात् 15-20 वर्ष की एक खूबसूरत कन्या ने उस कोठरी में प्रवेश किया और चरण-स्पर्श करने के बाद रानी के सामने खड़ी हो गई। रानी ने विनम्रतापूर्वक उसका हाथ पकड़कर पास बैठने का आग्रह किया। तभी उस कन्या के मुख से आवाज निकली, “महारानी मैं आपकी दासी हूं।”

“दासी? दासी क्या?”

“हां, महारानी जी! आपकी सेवा-सुश्रूषा के लिए स्वयं महाराज ने सोलह दासियों को नियुक्त किया गया है।”

“हां।”

“तो तुम सोलह दासियां मिलकर मेरी कौनसी सेवा करोगी?”

“महारानी जी! ऐसी कौनसी सेवा है जो हम लोग नहीं कर सकेंगी? जिस समय कोई काम न रहेगा, उस समय महारानी के चरणों के निकट बैठकर अपने-अपने भाग्य को सराहेंगी।”

इस पर महारानी को हंसी आ गई और मुस्कराते हुए उन्होंने पूछा, “अच्छा, जब तुम दासी बनकर आई हो, तब तो मेरी हर आज्ञा का पालन, तुमको करना होगा।”

“हां, क्यों नहीं? सिर्फ आज्ञा मिलने तक की देरी है।”

“तो आज से तुम लोग अपने को मेरी दासी नहीं, सहेली कहा करो।”

रानी की आज्ञा सुनकर दासी ने अपना सिर नीचे की ओर झुका लिया, और बोली, "महारानी जी भला ऐसे..."

"कुछ नहीं, मेरी आज्ञा का पालन तुमको करना ही होगा। अच्छा तुमने अपना नाम तो नहीं बतलाया।"

"सुन्दर!"

"वाह! जैसा रूप वैसा नाम।..."

रानी और कुछ बोलना ही चाह रही थीं कि सुन्दर और काशी के साथ अन्य दासियां भी पहुंच गईं। सुन्दर ने सब से एक-एक कर रानी का परिचय कराया। सहेली की चर्चा सुनकर सभी दासियां मन-ही-मन अतीव प्रसन्न हुईं। अन्त में रानी ने अपने हृदय की बात भी सुना ही दी—"देखो जी! दासी से तुम लोग मेरी सहेली बन गईं, लेकिन सहेली बनकर रहने के लिए भी तुम्हें एक और शर्त का पालन करना होगा।"

"शिरोधार्य है महारानी जी।" सभी दासियों ने अपना-अपना सिर नीचे झुकाया।

"तुम लोग तलवार चलाना जानती हो?"

"नहीं।"

"तो तुम्हें तलवार चलाना सीखना पड़ेगा।"

"बन्दूक चलाना जानती हो?"

"नहीं।"

"तो तुम्हें बन्दूक चलाना भी सीखना होगा।"

"अश्वारोहण करना जानती हो?"

"नहीं।"

"तो तुम्हें मेरे साथ अश्वारोहण भी करना होगा।"

"कुश्ती लड़ना जानती हो?"

इस बार हां' या ना कहने के बदले सभी सहेलियों ने हंसना प्रारम्भ कर दिया। काशीबाई तो हंसते-हंसते लोट-पोट होने लगी, किन्तु किसी तरह हंसी पर नियन्त्रण करने के बाद उसने पूछा, "महारानी जी! कुश्ती भी!"

"हां, तो क्या हुआ! स्त्रियां कुश्ती नहीं खेलती हैं क्या?"

"किसके साथ? कौन सिखलाएगा?"

"मैं बालाजी को बिठूर से बुला लूंगी। वह बहुत अच्छा कुश्तीबाज है। वही तुम लोगों को अखाड़े में ले जाकर कुश्ती सिखलाएगा।"

"पुरुष के साथ कुश्ती।"

"हां, रे पगली! तो क्या हो गया। पुरुष तुम्हारा क्या बिगाड़ लेगा।"

रानी की बात सुनकर वहां पर जितनी भी दासियाँ उपस्थित थीं, ठहाका मारकर हंसने लगीं। हंसें भी क्यों नहीं। यह तो वस्तुतः एक अभूतपूर्व घटना थी।

दासियों के हृदय से भय, शंका एवं कौतूहल को दूर करने के लिए रानी ने पुनः कहा, "घबराओ नहीं काशी! तुम लोगों को पुरुष से कुश्ती नहीं लड़नी होगी। वह अलग से सिखलाएगा और मैं स्वयं तुम्हारे साथ प्रयोग करूंगी।"

सुन्दर को छोड़कर अन्य सभी दासियां नतमस्तक हुईं और चली गईं।

एक-दो मिनट तक चिन्तन करने के बाद रानी ने अतिशय गम्भीर मुद्रा में सुन्दरबाई से पूछा, "सुन्दर! क्या तुम झांसी का संक्षिप्त इतिहास जानती हो?"

"नहीं महारानी जी! मैं अच्छी तरह नहीं जानती हूं।"

"तो फिर अच्छी तरह कौन जानता है? यूं तो दादा बाजीराव और पिताजी के मुख से मैं बहुत कुछ सुन ही चुकी हूं, लेकिन मुझे आशा है कि यहां के निवासी झांसी राज्य के इतिहास के विषय में उन लोगों से भी अधिक जानते होंगे। यदि कोई बुज़ुर्ग हों, जो झांसी राज्य के आरंभ से आज तक का इतिहास मुझे सुना सकें, तो उनका नाम बताओ।"

"हां, महारानी जी। झांसी नगर में ही एक सौ वर्ष से भी अधिक उम्र की बुढ़िया है। उन्हें लोग 'बूढ़ी दादी' कहते हैं। उसे झांसी का पूरा इतिहास मालूम है। वह तिथि और शताब्दी भी अच्छी तरह याद रखती हैं। दूसरी बात यह कि वह एक शब्द भी झूठ नहीं बोलतीं। राजा साहब स्वयं भी उन्हें बहुत मानते हैं। आज्ञा हो तो उसे कल बुलाकर महारानी जी से भेंट करा दूं।"

"अवश्य, अब तो रात अधिक हो रही है। तुम्हें भी नींद आती होगी। अपने शयन-कक्ष में जाकर आराम करो, लेकिन कल बूढ़ी दादी को बुलाकर अवश्य ले आना।"

बड़ों का आदर-सत्कार करना भारतीय संस्कृति की शाश्वत परंपरा रही है और इस परंपरा का निर्वहन करने में रानी झांसी बड़ी ही निपुण एवं जागरूक थी। मान-मर्यादा उसे निभाना अच्छी तरह आता था। उस दिन की बात है, जिस दिन सुन्दरबाई ने बूढ़ी दादी को अपने साथ लेकर रानी की कोठरी में प्रवेश किया, लक्ष्मीबाई पलंग पर से नीचे उतर गयीं और अधखिले फूल की तरह मुस्कराकर उनके चरणों में नतमस्तक हुईं।

"प्रणाम दादी मां!"

"जुग-जुग जिओ बेटी, दूधो नहाओ पूतो फलो। सदा सुहागन रहो!" उसे आशीर्वाद मिला था, फिर रानी को और अधिक निकट बुलाते हुए उन्होंने कहा, "अब तो आंख की रोशनी भी बहुत कम हो गई है। बिटिया, जरा और नजदीक आ कि तुम्हारा मुंह ठीक से देख सकूं।" ज्योंही रानी उनके निकट गई, त्योंही बूढ़ी दादी अपने दाहिने हाथ से उनके लाल-लाल खूबसूरत गालों को थपथपाने लगीं, मानो काशी की मनु को स्वयं भागीरथी बाई आज प्यार से चूम रही हैं और कुछ देर तक आंखें फाड़-फाड़कर अपलक दृष्टि से उनकी ओर देखती रहीं मानों अपने सौ वर्ष के जीवन में बुढ़ी दादी ने वैसी वीरांगना नारी को कभी देखा ही नहीं। पुनः आशीर्वाद के शब्द दादी के मुख से झरने लगे, "बिटिया! ठीक ही कहते हैं दीक्षित जी, तुम तो दुर्गा और लक्ष्मी की अवतार हो! अहो भाग्य! झांसी की धरती का उद्धार हो गया। हे भगवान, हमारी दुर्गा की गोद में शीघ्र ही एक पुत्र दो, ताकि मैं भी अपने अतृप्त नयनों को जुड़ा सकूं।"

फर्श पर बिछे हुए कालीन पर बैठकर उन्होंने कहा, "बिटिया, याद रखना, जब तक मैं तुम्हारे मुन्ने की किलकारियां नहीं सुनूंगी, तब तक मैं मरूंगी भी नहीं। मेरी उम्र तो सौ वर्ष से भी अधिक हो रही है। झांसी में जितने आंधी-तूफान आए हैं, उन सब का इतिहास मेरे हृदय पर लिखा हुआ है।

बहुत राजा आए और गए, बहुत रानियां भी आईं और गईं, किन्तु तुम जैसी दुर्गा और लक्ष्मी झांसी को अभी तक नहीं मिली थी। रजवा (गंगाधर राव को प्यार से वह रजवा कहती थीं) का ध्यान रखना। उसका स्वभाव बड़ा कड़ा है। कभी-कभी छोटी-छोटी गलती के लिए जनता को कठोर-से-कठोर दंड दे देता है, हंसी-मजाक में ही पानी की तरह पैसा बहाता है, अंग्रेज बन अंग्रेज से दोस्ती करता है। मैंने तो कई बार समझाया है – "सांप को दूध पिलाने से वह दोस्त नहीं बन सकता, लेकिन पता नहीं, उसकी बुद्धि किसने फेर दी है। मेरी बात सुनकर हंस देता है। कभी-कभी झूठी प्रतिज्ञा भी करता है, "अच्छा दादी! तुमने जितनी शिक्षा दी है, उन सब पर मैं अमल करूंगा।' लेकिन बाद में मेरे उपदेश को फिर भूल जाता है। अतः तुमसे यही कहने आई हूं कि रजवा को प्रेम से जीतो, प्रेम से उस पर शासन करो। जिस प्रकार भक्त अपने प्रेम और भक्ति से भगवान को अपने वश में कर लेता है, वैसे ही पत्नी भी अपने स्वधर्म आचरण, प्रेम और त्याग के सहारे अपने प्राणनाथ को वश में कर सकती है।"

दादी से कुछ और सुनने के लिए रानी ने कौतूहलवश मुस्कराते हुए कहा, "लेकिन आजकल की समस्या तो पहले से बिल्कुल भिन्न है दादी, अधिकांश पुरुष अपनी पत्नी की कोमलता से नाजायज़ फ़ायदा उठाने की ताक में रहते हैं। इसलिए मेरा विचार है कि यदि प्रेम से उनको वश में न कर सकूं, तो तलवार और भाले का सहारा लूं। क्यों? मेरा विचार तो ठीक है न?"

"अरे, बाप रे बाप! अरे, तुमने ऐसी बात अपने मुख से कैसे निकाली! मुझको तो स्वप्न में भी ऐसा विश्वास नहीं था कि रानी के मुख से रजवा के विरुद्ध तलवार और भाले की बात सुनूंगी।" और ज्योंही बोलना समाप्त हुआ कि दादी की आंखों से आंसू गिरने लगे।

दादी को दुखी देखकर लक्ष्मीबाई और सुन्दर दोनों जोर-जोर से हंसने लगीं और हंसते-हंसते सुन्दर ने कहा, "दादी, रानी जी का स्वभाव ही ऐसा है। यह तो तुमको अपनी मां की तरह मानती हैं। तुम्हारा क्रोध देखने के लिए महारानी ने एक मासूम मुन्नी का पार्ट अदा किया है।"

दादी चुप हो गईं और हुक्का पीती हुए बोलीं, "रामचरितमानस की इस पंक्ति को नोट कर लो बिटिया –

एकइ धर्म एक ब्रत नेमा। कार्य वचन मन पति पद प्रेमा।

अर्थात् शरीर, वचन और मन से पति के चरणों में प्रेम करना स्त्री के लिए बस यह एक ही धर्म है, एक ही व्रत है और एक ही नियम है।"

इसके बाद लक्ष्मीबाई ने दादी से आग्रह किया, "दादी! तुम तो झांसी के बारे में सब कुछ जानती हो, लेकिन हम लोगों को तो कुछ भी मालूम नहीं है। कृपया शिवराव भाऊ जी से लेकर अपने रजवा (गंगाधर राव) तक के शासन की कहानी सुना दो न।"

"अच्छा तो तुम झांसी की कहानी सुनना चाहती हो।"

"हां, दादी! बिठूर में दादा (बाजीराव द्वितीय) जी बहुत सारी कहानियां सुनाया करते थे; लेकिन यहां तुम्हारे सिवा दूसरा है ही कौन जो मुझको झांसी की कहानी सुनाएगा।"

"अच्छा, ठीक है, तो सुन, मैं शिवराव भाऊ के समय से ही झांसी की कहानी सुना रही हूं।"

लक्ष्मीबाई भी फ़र्श पर ही दादी की बग़ल में बैठ गई। दादी ने सुन्दर बाई के हाथ में हुक्का धर दिया और झांसी की कहानी कहने लगीं–

"1804 ई. की बात है। उस समय शिवराव भाऊ झांसी के शासक थे। उन्हें लोग सूबेदार कहा करते थे। पेशवा के कमजोर हो जाने के कारण पन्त प्रधान (पेशवा) बाजीराव द्वितीय की मातहती में शिवराव भाऊ ही झांसी के शासक बने।"

भगवान की कृपा से शिवराव भाऊ को तीन लड़के हुए – कृष्णराव, रधुनाथराव और गंगाधर राव।

कृष्णराव सबसे बड़े लड़के का नाम था। उनको एक पुत्र हुआ, जिसका नाम रामचन्द्र राव रखा गया। चूंकि कृष्णराव अपने पिता के सबसे बड़े पुत्र थे और उनकी मृत्यु भी पहले ही हो चुकी थी, अतः कृष्णराव के पुत्र रामचन्द्र राव को ही झांसी की गद्दी मिली।

रामचन्द्र राव की माताजी का नाम सखूबाई था। रामचन्द्र राव के नाबालिग रहने के कारण सखूबाई ही शासन-सूत्र का संचालन करती थीं।

सन् 1832 की बात है। उस समय तक रामचन्द्र राव बालिग हो चुके थे। अतः ईस्ट इण्डिया कम्पनी के प्रतिनिधि ने झांसी के शासक रामचन्द्र के पास ही एक खरीता भेजा – "नवाब गवर्नर जनरल साहब, लार्ड विलियम बेंटिंग ने आपको आज से राजा की उपाधि दी है। कम्पनी सरकार की मित्रता के प्रतीक रूप में यूनियन जैक झंडा आपको भेंट किया जाता है। इसके गौरव की रक्षा कीजिएगा।"

इस खरीते के अनुसार रामचन्द्र राव ने स्वयं अपने हाथ में शासन की बागडोर थामी। राजा की उपाधि मिलने के उपलक्ष में काफी धूमधाम के साथ लोलुप राजा ने राज्य के खजाने को खाली कर दिया।

सखूबाई भी बहुत दुष्ट नारी थी। रामचन्द्र राव का राजा होना उससे नहीं सहा गया। वह शासन की बागडोर अपने ही हाथ में रखना चाहती थी। अतः उसने अपने बेटे रामचन्द्र राव को मरवा डालने का षड्यन्त्र भी रचा। रामचन्द्र राव को तालाब में तैरने की आदत थी। खासकर रात को आठ-नौ बजे के बाद, जब वातावरण बिल्कुल शान्त हो जाता था, रामचन्द्र राव तालाब में जाकर आनन्द के साथ तैरता था। अतः सखूबाई ने घाट के सामने ही, मन्दिर के चौपड़ में कई भाले गड़वाए, ताकि रामचन्द्र राव तैरने जाए और भाले से बिंध जाने के कारण प्राण त्याग दे, लेकिन ऐसा नहीं हो सका।"

लक्ष्मीबाई एवं सुन्दर ने "ओह? ओह!!' के शब्दोच्चारण से रामचन्द्र राव के प्रति सहानुभूति प्रकट की और सखूबाई के प्रति घृणा का भाव।

दादी की कहानी आगे बढ़ती गई, "दो साहसी युवकों की सहायता से रामचन्द्र राव बाल-बाल बच गए। जिसमें पहला व्यक्ति था, लालू कोदेलकर। वह एक मराठा युवक था और दूसरा था आनन्द राय। यह मऊ का रहने वाला था। ज्योंही दोनों को सखूबाई के षड्यन्त्र की सूचना मिली, उन्होंने रामचन्द्र राव के पास खबर भिजवा दी। फलतः तालाब में तैरना ही छोड़ दिया और सारे समाज के सामने सखूबाई का रहस्योद्घाटन हो गया।

घटना के बाद आनन्द राय तो मऊ भाग गया, किन्तु लालू कोदेलकर को सखूबाई ने जान से मरवा डाला। लालू कोदेलकर के साथ उनके तीन नातेदार भी रह रहे थे। वे लोग भी सखूबाई के डर से झांसी से भाग गए। कुछ दिनों के बाद तीनों के एक-एक लड़की हुई काशी, मुन्दर और सुन्दर। सखूबाई ने इन तीनों को भी राजाश्रय से वंचित कर दिया। अतः इनके परिवार वालों को बहुत कष्ट झेलकर इनका लालन-पालन करना पड़ा।"

काशी, सुन्दर और मुन्दर का नाम सुनकर महारानी को शंका हुई, कहीं यही काशी, सुन्दर और मुन्दर तो नहीं हैं। बूढ़ी दादी महारानी की शंका एवं उनके आश्चर्य का कारण समझ गईं। और आंखों में आंसू लिए हुए, कांपते हाथों से सुन्दर की ओर संकेत करते हुए उन्होंने कहा, "बिटिया, तुम आश्चर्य क्यों करती हो? सुन्दर तो तुम्हारे सामने ही बैठी है, काशी और मुन्दर को भी पहचान ही लोगी।" और फिर आंसू पोंछने लगीं।

दादी की वाणी सुनकर सुन्दर की आंखों से आंसू गिरने लगे और लक्ष्मीबाई भी अपने धैर्य के बांध को नहीं संभाल सकीं। उन्हें भी रोना आ गया और सुन्दर की ओर स्नेह भरी दृष्टि से देखकर उन्होंने कहा, "हां, दादी! काशी और मुन्दर को भी पहचानती हूं। इन्हें तो अपनी सहेली की तरह प्यार करती हूं।"

"सहेली की तरह।"

"हाँ, मेरी दृष्टि में एक मनुष्य दूसरे मनुष्य का दास नहीं हो सकता। संसार के सभी जीव-जन्तु तो एक ही परमात्मा के अंश हैं, फिर मैं इन्हें दासी कैसे कहूं।"

"बिटिया! तुम तो वस्तुतः दुर्गा और लक्ष्मी की अवतार हो।" दादी की आंखों में हर्ष के आंसू उमड़ पड़े।

चूंकि रानी को अपनी प्रशंसा सुनने में अच्छा नहीं लगता था, अतः बीच ही में बात काटते हुए उन्होंने कहा, "आगे क्या-क्या हुआ दादी? मुझे तो कहानी सुनने में इतनी रुचिकर लग रही है कि जी चाहता है, अपनी दादी को हृदय-मंदिर में बैठा लूं और जब मन में आए, उनके मुख से भारतीय संस्कृति का इतिहास सुनती रहूं।"

"हां, तुमको यह सुनकर बड़ा आश्चर्य होगा बिटिया कि सखूबाई अपने बेटे रामचन्द्र राव की हत्या करवाना चाहती थी, किन्तु रामचन्द्र राव अपनी मां के साथ कठोर बर्ताव नहीं करना चाहता था, किन्तु उसके चाचा रघुनाथ राव और गंगाधर राव को सखूबाई का षड्यंत्र अच्छा नहीं लगा। अतः सखूबाई को जेल में बन्द कर दिया गया तथा जितने लोग उसके डर से झांसी छोड़कर भाग गए थे, उनको फिर बुला लिया गया।

सन् 1835 में रामचन्द्र राव की भी मृत्यु हो गई। वे भी निःसंतान ही मरे। मृत्यु के बाद उनकी विधवा रानी ने कृष्णराव नामक एक बालक को गोद लिया, किन्तु कम्पनी सरकार ने उस को अवैधानिक घोषित कर दिया और रघुनाथ राव को राजा का उत्तराधिकारी करार किया।

लेकिन रघुनाथ राव कुशल शासक नहीं निकले। रघुनाथ राव की बुद्धिहीनता एवं निष्क्रियता के कारण राज्य की स्थिति बड़ी नाजुक हो गई। अभी सिर्फ दो ही साल तक शासन किया था कि झांसी के इर्द-गिर्द चोरी, डकैती, लूटमार, दंगा-फसाद आदि बड़े पैमाने पर होने लगे। राज्य पर साहूकारों का कर्जा भी काफी बढ़ गया। फलस्वरूप 1837 में झांसी राज्य हड़प लिया गया।

किन्तु रघुनाथ राव ने राज्य के हड़प होने से पहले ही अपना खजाना साफ कर दिया था। उस समय अली बहादुर की उम्र लगभग 22 वर्ष रही होगी। अतः रघुनाथ राव ने अपने पुत्र नवाब अली बहादुर (यह एक मुस्लिम औरत से पैदा हुआ था) को करेरा पिंजोर तथा डायरोन परगनों के 85 गांव जागीर में दे दिए। क्या कहूं बिटिया, उसकी आमदनी उस समय साढ़े छिहत्तर हजार समझी जाती थी। रघुनाथ राव ने सखूबाई को भी जेल से मुक्त कर दिया। तदुपरान्त सन् 1838 ई. में वह भी इस संसार से जाता रहा।

रघुनाथ राव की मृत्यु के बाद झांसी राज्य के चार दावेदार खड़े हुए, गंगाधर राव, कृष्णराव, अली बहादुर और रघुनाथ राव की विधवा रानी।

सखूबाई फिर पर्दे से बाहर आई। वह कृष्ण राव का पक्ष लेने लगी। उसके आतंक से अन्य दावेदारों को झांसी छोड़कर भागना पड़ा। गंगाधर राव कानपुर जाकर अंग्रेजों से मिले तथा अली बहादुर करेरा के दुर्ग में जाकर छिप गया।

उस समय मध्य भारत के लिए गवर्नर जनरल का एजेण्ट साइमन फ्रेजर था। ज्योंही झांसी की विकृत स्थिति की खबर उसे मिली, वह दो-चार चोबदारों के साथ झांसी पहुंचा। झांसी राज्य के शासन के सम्बन्ध में उसने सखूबाई से वार्तालाप भी किया, किन्तु सखूबाई को उसका भी भय नहीं हुआ और उन्होंने साइमन फ्रेजर का अपमान किया। फलस्वरूप फ्रेजर ने सेना और तोपखाना लेकर झांसी के किले पर चढ़ाई कर दी। अन्त में सखूबाई को भी झांसी का किला छोड़कर भाग जाना पड़ा।

अली बहादुर ने भी कम्पनी की शरण पकड़ी। कम्पनी ने उसको 500 रुपए मासिक पेंशन देना तय कर दिया। फिर झांसी राज्य के शासन के मामला को तय करने के लिए एक कमीशन की नियुक्ति की गई। कमीशन ने गंगाधर राव को झांसी राज्य का उत्तराधिकारी घोषित किया। तभी से हमारा रजवा झांसी का शासन-संचालन कर रहा है। समझी बिटिया!" बूढ़ी दादी ने संतोष की सांस ली।

कहानी सुनने के बाद महारानी को ऐसा प्रतीत हो रहा था, मानो अतीत के आइने में वह झांसी के विकास की रेखाओं को स्पष्ट रूप से देख रही है।

कुछ देर तक मंत्र-मुग्ध रहने के बाद उन्होंने सुन्दरबाई से एक गिलास जल की मांग की और पुनः दादी से अनुरोध किया, "दादी! तुमने अतीत की कहानी तो सुना दी; किन्तु अपने रजवा (गंगाधर राव) के शासन के संबंध में तो कुछ नहीं कहा। जब तक तुम्हारे पवित्र मुख से मैं इनके शासन-संचालन की कहानी नहीं सुनूंगी, तब तक मुझे संतोष न होगा और सच पूछो, तो तुम्हारी यह प्यारी बिटिया खाना भी नहीं खाएगी।"

बूढ़ी दादी कुछ बोलना ही चाह रही थी कि काशीबाई भी पहुंच गई। दादी एवं रानी के चरणों में नतमस्तक होने के बाद वहीं पर बैठ गई। तब तक मुन्दर भी जल लेकर आ गई। दादी के लिए पुनः हुक्के का इन्तजाम किया गया। जल पीने के बाद रानी भी पुनः यथास्थान बैठ गईं। उधर दादी हुक्का पीने लगी और इधर सहेलियों के बीच मजाक का समां बंध गया।

राजा गंगाधर और उनकी झांसी

सदियों से ही झांसी का इतिहास बड़ा गौरवशाली रहा है। देवों का वरदहस्त झांसी पर हमेशा रहा है, लेकिन जब से अंग्रेजों का भारत में आगमन हुआ, तब से झांसी भी उनकी आंखों में खटकने लगी थीं। दादी उस दिन भी झांसी के बारे में रानी को बता रही थी। दोनों के बीच बड़े ही मधुर भाव से वार्तालाप हो रहा था।

"कुछ झांसी के बारे में बताओ ना दादी मां?" रानी लक्ष्मीबाई ने पूछ ही लिया था।

"झांसी के विषय में क्या कहूं बिटिया, जिस दिन यह घोषणा की गई थी कि गंगाधर राव ही झांसी का राजा बनने जा रहे हैं, उस दिन झांसी की जनता में हलचल मच गई थी। घर-घर में दीपावली मनाई गई थी। जनता-जनार्दन को यह पूर्ण विश्वास था कि अब अंग्रेजों के भीषण कुठाराघात से झांसी की जनता की सुरक्षा अवश्य होगी, लेकिन इनके कठोर शासन से जनता बहुत दुखी रहा करती है। साधारण अपराधी को भी कठोर से कठोर दंड दिया जाता है। नंगे शरीर पर कोड़े लगवाना, लोहे की छड़ को आग की धधकती ज्वाला में गर्म कर अपने सामने ही अपराधी को दगवाना, बिच्छू से डंक मरवाना, बताओ तो, यह अमानुषिक प्रवृत्ति नहीं है! यदि अंग्रेजों के द्वारा ऐसी सजा दी जाती तो दुःख की बात नहीं थी, क्योंकि वे विदेशी हैं और उनकी नीति ही यही है कि भारतवासियों को कष्ट दिया जाए; किन्तु अपने देश के राजा के द्वारा दंड का ऐसा विधान! ओह! पता नहीं किसने हमारे रजवा के मस्तिष्क को इतना विकृत कर दिया है। बिटिया, तुमसे यही कहने आई हूं कि धीरे-धीरे रजवा के

कठोर स्वभाव पर नियंत्रण लाओ और यह प्रेम से ही सम्भव है।'

बूढ़ी दादी के मुख से सत्य-भाषण सुनकर रानी बहुत प्रसन्न हुईं, किन्तु राजा की कठोरता एवं निष्ठुरता का समाचार सुनकर उनके दिल को बहुत चोट पहुंची।

"वह क्यों?"

"इनके शासन-काल में दो घटनाएं ऐसी घटी हैं, जो मुझ जैसी बुढ़िया के दिल को भी बैठा देती हैं – प्रथम घटना नारायण शास्त्री से सम्बन्धित है और दूसरी घटना ख़ुदाबख़्श से।"

"तो आगे बताइए ना, कौन थे नारायण शास्त्री?"

"नारायण शास्त्री झांसी के एक बहुत बड़े पंडित थे। आप तो जानती ही हैं कि वेद ईश्वर की पावन वाणी हैं। वेदों का प्रचार-प्रसार करना हरेक आर्य का परमधर्म है। नारायण शास्त्री भी इस धर्म को बखूबी निभाते थे। जनसाधारण को वे वेद-शास्त्र का सच्चा अर्थ बतलाते थे। संयोगवश उनका छोटी नाम की एक लड़की से प्यार हो गया। छोटी देखने में बहुत ही सुन्दर थी। लोग यह कहकर आश्चर्य प्रकट करते थे कि छोटी जाति में जन्म लेकर वह पद्मिनी जैसी खूबसूरत कैसे हो गई। क्या कहूं बिटिया, उसके पीछे और लोग भी पड़े हुए थे, लेकिन अन्त तक उसने अपने आप को संभाले रखा। सच पूछो बिटिया, तो वह नारायण शास्त्री को चाहने लगी थी।

"लोगों ने नारायण शास्त्री को 'पाखंडी, पाजी, धर्म-द्रोही एवं राक्षस' आदि भी कह दिए। अन्त में यह मामला राजा साहब के यहां पहुंचा। राजा साहब ने दोनों को झांसी छोड़ देने की आज्ञा दे दी। दोनों झांसी से आंखों में आंसू लेकर दर-दर की ठोकर खाने के लिए चल पड़े। लेकिन मुझको यह अच्छा नहीं लगा, क्योंकि प्रेम तो अन्दर की वस्तु है। यदि दोनों में प्रेम हो गया, तो दोनों को बरी कर देना चाहिए था।

"दूसरी घटना खुदाबख्श और मोतीबाई के निर्वासन की है। खुदाबख्श आज्ञाकारी दीवानों में से एक थे। वे राजा साहब के लिए अपने जीवन को कुर्बान भी कर सकते थे; किन्तु एक दिन नाटकशाला में 'रत्नावली' नाटक

हो रहा था। रत्नावली की भूमिका मोतीबाई निभा रही थी। उसके सौंदर्य और कला-कौशल को देखकर खुदाबख्श ने 'वाह! वाह!' कह दिया। राजा ने स्वयं यह लीला देख ली। बस, क्या था, उसी दिन खुदाबख्श को झांसी छोड़ देने की आज्ञा दे दी गई। जानती हो बिटिया, दोनों कहां रहते हैं? अली बहादुर के महल में। बताओ तो, इस तरह की छोटी-छोटी-सी भूल के लिए जनता को देश निकाला दिया जाता है! तब तो राज्य ही नष्ट हो जाएगा।

"राजा साहब नाटकशाला के पीछे पागल बने रहते हैं। नाटक से उनको इतना प्रेम है कि यदि स्त्री का पार्ट अदा करने के लिए कोई पात्र नहीं मिले, तो स्वयं रंगमंच पर आकर स्त्री का पार्ट अदा करने लगते हैं।

"विवाह होने के पहले तो राजा साहब को शासन का अधिकार नहीं था; किन्तु अब अधिकार मिल गया है। शर्त क्या है, मुझे भी ठीक से मालूम नहीं। उन्हीं से पूछ लेना। विशेष क्या कहूं? अब तो तुम्हीं यहां की महारानी हो, झांसी की देखभाल करो, राजा साहब के कठोर स्वभाव को अपने प्रेमपूर्ण व्यवहार से मोम की तरह मुलायम बना दो। जनता-जनार्दन को अपना बनाकर रखो। भगवान तुम्हारे सुहाग को अचल बनाए। तुम दुर्गा और लक्ष्मी की तरह हो, सारे भारत की रक्षा करो, यही उस परमपिता से प्रार्थना है!"

फिर वह अपने घर चली गई; किन्तु उस दिन से उनका आना-जाना बराबर होने लगा। जब कभी रानी को उनके विचारों की आवश्यकता होती, घर पर ही बुलवा लेती। सोलह दासियां महारानी की सोलह सहेलियां बन गईं। चारदीवारी के अन्दर ही शस्त्र-प्रयोग भी होने लगा। मनु से लक्ष्मीबाई बनी झांसी की रानी का अब जीवन ही बदल चुका था। शादी से पहले जहां वह नटखट थी, अब और समझदार हो चली थी।

बिठूर की मनु झांसी में आकर एकदम बदल चुकी थी। वैसे विवाह के बाद हर बालिका ही बदल जाती है, क्योंकि वह बालिका से वधू बन जाती है। यह बदलाव तो हरेक नारी के जीवन में आता है, लेकिन मनु के जीवन में तो अभूतपूर्व बदलाव आया था। वह न केवल किसी की धर्मपत्नी बनी, वरन एक स्वतंत्र राज्य की महारानी भी बन चुकी थी। अब उसने अपने सुहाग के

साथ-साथ सारे राज्य की सुख-समृद्धि की कामना हृदय में अंगीकार की थी। जनता उसके लिए पुत्र के समान हो चुकी थी। अब न तो उसमें वह चंचलता थी और न वह रूखापन। गम्भीरतापूर्वक वह धीरे-धीरे पारिवारिक एवं राजकीय समस्या पर भी विचार करने लगी। कभी राजा के समक्ष विविध राजकीय प्रश्नों की चर्चा छेड़ देती तो कभी अपने पिता, मोरोपन्त के समक्ष। मोरोपन्त जी से भी अब स्थायी रूप से झांसी में रहने के लिए आग्रह किया था। अब इससे अधिक सौभाग्य की बात और क्या हो सकती है। जब पिता साथ में हों तो फिर राज्य के उत्थान-पतन का समुचित ज्ञान पुत्री को कैसे नहीं होगा।

विवाहोपरान्त गंगाधर राव को शासन का अधिकार मिला। इस उपलक्ष में झांसी-नगर के कोने-कोने में खुशियां मनाई गईं। विभिन्न प्रकार के खेल-कूद एवं नाटक-तमाशे भी हुए। तमाम जनता के मुखमंडल पर तीव्र आनन्द की रेखाएं उभरी हुई थीं, किन्तु लक्ष्मीबाई के पिता, मोरोपन्त ताम्बे उस दिन बहुत उदास नजर आ रहे थे। संध्या-समय ज्योंही किसी काम से महल में प्रवेश किया, त्योंही लक्ष्मीबाई ने उनसे उदासीनता का कारण पूछ लिया। निराशा का भाव प्रकट करते हुए उन्होंने कहा, “मैं उदास इसलिए नहीं हूं कि राजा साहब आज खुशियां मना रहे हैं, बल्कि उदास इसलिए हूं कि खुशियों में खोखलापन है। शासन का अधिकार तो मिला है, लेकिन शर्त क्या है?”

“नहीं पिताजी, मुझे तो इसके विषय में कुछ भी मालूम नहीं है। क्या शर्त रखी गई है?” लक्ष्मीबाई ने आश्चर्य प्रकट करते हुए पूछा।

क्रोधाग्नि को बुद्धिरूपी निर्मल जल से बुझाने का प्रयास करते हुए उन्होंने कहा, “झांसी में एक अंग्रेजी फौज रखी जाएगी अंग्रेजी हुकूमत में, पर खर्चा झांसी का राज्य देगा। नकद खर्चा न देकर कम्पनी सरकार का आग्रह निभाने के लिए राजा साहब ने राज्य से दो लाख छब्बीस हजार चार सौ अट्ठाइस रुपए वार्षिक आय का एक इलाका इन राज्य-लोलुपों को दे दिया है। इसके बाद ही शासन का अधिकार मिला है।”

“ऐसी बात है?” लक्ष्मीबाई ने आश्चर्य प्रकट करते हुए कहा।

“हां, ऐसी बात नहीं है तो और क्या? तुम अब बच्ची नहीं हो, धीरे-धीरे

इस सबको देखो, समझो, नहीं तो निकट भविष्य में ही झांसी से हाथ धोना पड़ेगा।" कहकर मोरोपन्त जी अपने काम में लग गए।

एक कहावत है, 'बुद्धिमान के लिए इशारा ही काफी होता है।' लक्ष्मीबाई समझ गई कि पिताजी ने ऐसा संकेत इसलिए दिया है कि इस सबके सम्बन्ध में भी उनसे खुलकर बातचीत करे।

अधिकारोत्सव के दूसरे दिन की बात है। रात के लगभग दस बजे थे। रानी अपने शयन-कक्ष में पलंग पर लेटकर कुछ सोच रही थीं। अकस्मात् राजा साहब महारानी के शयन-कक्ष में पधारे। महारानी ने उनका स्वागत-सत्कार किया। आते ही राजा साहब ने हर्षोल्लसित एवं गौरवान्वित होकर शासनाधिकार की कथा सुनाई। महारानी मंत्रमुग्ध होकर सुनती गईं, सुनती गईं। अन्त तक राजा साहब ने अपनी कमजोरी पर प्रकाश नहीं डाला। आखिर राजा जो थे। राजा होकर रानी के समक्ष अपनी कमजोरी कैसे स्वीकार करते?

बहुत कुछ श्रवण करने के बाद महारानी ने विनयपूर्वक मुस्कराते हुए अपना निवेदन प्रस्तुत किया, "महाराज के समक्ष रानी एक-दो निवेदन प्रस्तुत करना चाहती है।"

"तो इसमें आज्ञा की क्या आवश्यकता है? जो कुछ पूछना है, पूछो।"

"क्या नाटकशाला में शस्त्र नहीं बनाए जा सकते हैं?"

"क्यों?"

"युद्ध करने के लिए!"

"किससे?"

"अंग्रेजों से!"

"कारण?"

"मैं अपने स्वामी को वास्तविक महाराज बनाना चाहती हूं, कृत्रिम नहीं।"

"क्या बात है? इस तरह का ऊटपटांग प्रश्न क्यों पूछ रही हो?"

"इसलिए कि मुझको भी शासनाधिकार की शर्त मालूम हो गई है।"

रानी की बात सुनकर राजा चौंक पड़े और बात का प्रसंग बदलने के

ख्याल से बोले, "अच्छा, और कौन-कौन से प्रश्न हैं? लेकिन शृंगार रस से आपको इतनी घृणा क्यों है?"

"इसलिए कि शृंगार रस की सरिता बहाने से भारत-भारती के भाग्य पर स्वराज्य का झंडा नहीं फहराया जा सकता।"

इस पर राजा ने मजाक किया, "प्रिये, तुमको नारी किसने बनाया?"

"भगवान ने।"

"भगवान को ऐसा नहीं करना चाहिए था।"

"क्यों?"

"इसलिए कि तुम्हारा संस्कार तो पुरुष जैसा है।"

"लेकिन दुर्गा और काली भी तो स्त्री थीं।"

दुर्गा और काली का नाम सुनकर राजा साहब महारानी की ओर देखने लगे, महारानी की आंखों में गौरव के आंसू छलछला आए थे। आंसू देखकर राजा साहब ने व्यंग्य किया, "लेकिन दुर्गा और काली की आंखों में आंसू तो नहीं शोभते।"

"प्राणनाथ! यह आंसू नहीं गंगाजल है।"

"और मैं भी तो गंगाधर हूं।"

"तो क्या आप इस पवित्र जल को अपने विशाल हृदय में धारण कर सकते हैं?"

"क्यों नहीं?"

"और यदि नहीं, तो?"

"मैं अपना नाम बदल लूंगा।"

लक्ष्मीबाई मुस्कराने लगीं, "प्राणनाथ, आप जैसी महान् आत्मा को अपने स्वामी के रूप में पाकर मैं आज अपने-आपको सौभाग्यशालिनी महसूस कर रही हूं।'

"लेकिन मैंने तो तुम्हारे आंसू के अर्थ नहीं समझे!'

"प्राणनाथ! आपसे यही निवेदन है कि अपनी जनता के साथ आप कठोरतापूर्वक व्यवहार नहीं करें। जन-शक्ति में ईश्वर का निवास होता है। राज्य

की सम्पत्ति को पानी की तरह नहीं बहाएं, वह भी तो ईश्वर की ही सम्पत्ति है। चोर-डाकुओं से प्रजा को सुरक्षित रखने के लिए स्वयं कदम बढ़ाएं, सैनिक शक्ति को मजबूत करें, किन्तु इन छोटे-छोटे कार्यों के लिए अंग्रेजों की सहायता न लें। मुझे पूर्ण विश्वास है कि अंग्रेज हमारा कभी नहीं हो सकता।"

रानी की वाणी सुनकर कुछ समय के लिए राजा मंत्रमुग्ध हो गए। झांसी का मानचित्र उनके मानसपटल पर चित्रित हो गया। अकस्मात् उन्हें ऐसा महसूस हुआ कि एक महान् सन्त मुझको चेतावनी दे रहा है, "हां, झांसी की रानी का कहना अक्षरशः सत्य है, लेकिन एकाएक मेरी शासन प्रणाली में परिवर्तन कैसे होगा? हां, यह बात दूसरी है कि धीरे-धीरे मैं तुम्हारे व्यावहारिक सुझाव पर अमल करूंगा।"

हठात् राजा के मुख से ये शब्द प्रस्फुटित हुए। महारानी के मुखमंडल पर बालिका का अनिर्वचनीय माधुर्य छा गया। पुनः राजा साहब प्रसन्नचित होकर बोलने लगे, "हां, तुम्हारा सोचना गलत नहीं है। शिक्षा के क्षेत्र में भी कम्पनी सरकार ईसाई धर्म का प्रचार कर रही है। शासन का अधिकार तो मिला है, लेकिन उससे भी तो हस्तक्षेप होगा ही। सुनने में आया है, अब सभी राजा-महाराजाओं को कम्पनी के दंड विधान का पालन करना होगा। पंचायत राज भी धीरे-धीरे मिट ही चुका है। यदि हम लोग पहले से ही सतर्क न रहे, तो झांसी भी हाथ से चली जाएगी। एक बात कहूं प्रिये?" राजा साहब ने गम्भीरतापूर्वक पूछा।

"क्या? प्राणनाथ।"

"जब तक पुत्र लाभ न होगा, तब तक झांसी पर जनता का विश्वास कैसे होगा? मेरे बाद तो झांसी की बागडोर अंग्रेजों के हाथ में चली जाएगी।"

राजा साहब की बात सुनकर रानी की पलकें नीचे झुक गईं, "यह तो ईश्वर के हाथ की बात है। परमपिता की जो इच्छा होगी, वही होगा। इसके लिए चिन्ता करने की कोई आवश्यकता नहीं।"

तत्पश्चात् राजा साहब ने तीर्थ यात्रा की योजना बनाई। यही तय हुआ कि महारानी भी साथ जाएंगी और वहां से लौटने के बाद पूरी तत्परता के

साथ शासन का संचालन किया जाएगा। रात अधिक बीत चुकी थी। अतः रात के स्नेहांचल की शीतल छाया में सुखमय भविष्य की कल्पना करते हुए दोनों आराम करने लगे।

रानी तीर्थ के लिए चली गईं और फिर तीर्थ यात्रा से लौटने के कुछ ही दिनों के बाद रानी को एक पुत्र लाभ हुआ। एकादशी का दिन था। मंदिरों में काफी भीड़ हुई। भावी राजकुमार के शुभागमन का सुखद समाचार सुनकर झांसी की जनता ने अभूतपूर्व खुशियां मनाईं। नारायण शास्त्री, छोटी, मोतीबाई एवं खुदाबख्श को छोड़कर अन्य सभी अपराधियों को दण्ड मुक्त कर दिया गया। सब के सब पहले की तरह रहने लगे। दरिद्रों को दिल खोल कर धन दिया गया। साथ-साथ जागीरदारों को भी पुरस्कार मिला।

राजा के स्वभाव में भी बहुत परिवर्तन हुआ। दृढ़तापूर्वक वे शासन का संचालन करने लगे। उनके कोमल स्वभाव को देखकर अंग्रेजों को भी दांतों तले अंगुली दबानी पड़ी। देखते-देखते पांच हजार के लगभग सेना, दो सहस्र पुलिस, पांच सौ घोड़ों का रिसाला, सौ खास पाएगाह के सिपाही और चार तोपखानों का इन्तजाम हो गया। झांसी की बढ़ती हुई ताकत को देखकर कम्पनी सरकार को भी भय होने लगा।

प्रसव पीड़ा के कारण कुछ दिनों के लिए महारानी को शस्त्र-प्रयोग छोड़ देना पड़ा, किन्तु अन्य सहेलियों के अभ्यास में किसी तरह की त्रुटि नहीं हुई। एक ओर झांसी की शक्ति बढ़ती जा रही थी, तो दूसरी ओर अंग्रेज भयभीत होते जा रहे थे। भय भी सच्चा था, क्योंकि जब दुर्गा अवतार रानी लक्ष्मीबाई की तलवार चमक उठी, तो भला सारे भारत में कंपन और गर्जना की घोर आवाज कैसे महसूस न की जाती।

पिता के सामने यदि पुत्र की मृत्यु हो जाती है, तो दुनिया में उससे बड़ा शोक और कोई नहीं हो सकता। पुत्र शोक की वेदना में मात-पिता जीते-जी ही मर जाते हैं। उनके लिए यह संसार नरक बन जाता है और उनकी बुढ़ापे की लाठी टूट जाती है। ऐसा ही कुछ कहर झांसी पर भी बरसा, जिसने रानी लक्ष्मीबाई को झकझोर कर रख दिया। अभी महारानी का मुन्ना तीन महीने का भी नहीं हुआ होगा कि हंसते-खेलते उसका देहावसान हो गया। झांसी

के भविष्य का प्रकाश बुझ गया। जनता के भावी राजकुमार को भगवान ने असमय ही अपने पास बुला लिया। झांसी के कोने-कोने में रुदन...क्रन्दन... शोक...सन्ताप! पुत्र शोक में महारानी दुर्बल हो गईं। हों भी क्यों नहीं, आखिर पुत्र-शोक से बढ़कर एक जननी के लिए दूसरा शोक ही क्या है? जननी के हृदय का वात्सल्य प्रेम! दूध की वह पवित्र धारा! रह-रहकर रानी को मुन्ना के अनुपम मुख की याद दिलाती।

"ऐसे दूध पीता था... ऐसे किलकारियां छोड़ता था... ओह! हे ईश्वर! तुमने सिर्फ नाम के लिए मेरी कोख को पवित्र क्यों किया?'

राजा गंगाधर राव की भी वही हालत थी, "अब इस झांसी-राज्य का उत्तराधिकारी कौन होगा? क्या होगा यह राज-पाट लेकर! क्यों मैंने इतनी सेना संगठित की। क्या यह रंगमहल यूं ही पड़ा रहेगा। रानी की गोद में...! प्रभु मैंने तुम्हारा क्या बिगाड़ा था?"

"पता नहीं हमारे सामने किस जन्म के पाप आए हैं, हमने इस जन्म में तो किसी का कुछ नहीं बिगाड़ा। सारी प्रजा को पुत्रवत् प्रेम दिया है।"

"हां महारानी, हमने इस जन्म में किसी को भी दुख नहीं पहुंचाया, लेकिन पहले जन्म में अवश्य पहुंचाया होगा। कर्मों का फल तो भोगना ही पड़ता है। पहले जन्म में नहीं भोगा, सो इस जन्म में भोगना पड़ रहा है।"

"तो फिर चिंता की चिता में क्यों जल रहे हैं, जिसे जाना था, वह चला गया। भाग्य में होगा तो पुत्र रत्न की प्राप्ति फिर हो जाएगी।"

"ईश्वर ने पहला ही पुष्प मुरझा दिया, तो आगे किसने देखा है!"

इस प्रकार राजा साहब की शारीरिक और मानसिक दोनों स्थिति दिन-प्रतिदिन और अधिक खराब होती गईं। झांसी के वृद्ध नर-नारी एवं शिक्षाविद्, पंडितगण राजा साहब को संतोष दिलाते परेशान हो गए, किन्तु उनके उपदेश का कुछ भी स्थायी प्रभाव नहीं पड़ा। धीरे-धीरे असमय ही दिवस का अवसान होने लगा। राजा की हालत देखकर महारानी भी घुट-घुट कर मर रही थी, लेकिन शोक और चिंता के क्षणों में कोई भी राजा या रानी अपना कर्तव्य तो नहीं भूल सकते। इसलिए शासन की जिम्मेदारियां रानी के सिर पर ही पड़ चुकी थीं।

उजड़ गया सुहाग

भारत में हर नारी इच्छा करती है कि वृद्धावस्था में उसकी मृत्यु उसके पति से पहले हो, क्योंकि विधवा होकर कोई भी जीना नहीं चाहती; यही कारण है कि कुछ विधवाओं ने पति की चिता के साथ ही जलने का प्रण लिया और वे सती हो गईं। यह बात अलग है कि कालांतर में सती प्रथा में अनेक दोष आ गए और धन-संपत्ति के लालच में परिवार वाले विधवा को जबर्दस्ती जलाने लगे। जिन दिनों रानी झांसी का राज था, उन दिनों भी भारत में सती प्रथा का खूब चलन था। रानी की एक दासी के पति का निधन हो गया, वह दासी अपने पति के साथ नहीं जलना चाहती थी, लेकिन उसके परिवार वालों ने उसे जबर्दस्ती जला दिया। जब यह पता रानी को चला तो उसने उसकी दासी को जबर्दस्ती जलाने वालों को कारागार में डाल दिया और राजाज्ञा जारी की कि इच्छा के विरुद्ध किसी अबला को सती के नाम पर जिंदा अग्नि में नहीं जलाया जा सकता।

सन् 1853 के नवम्बर महीने की बात है। राजा साहब की स्थिति बहुत नाजुक हो गई। अब क्या हो? बिगड़ी दशा को देखकर महारानी ने धैर्य धारण किया। मोरोपन्त जी के बहुत समझाने-बुझाने के बाद वह अपने-आपको पहचान सकीं। अब मुन्ना का चित्र उनके सामने नहीं था। तन-मन-धन से वह दिन-रात जागकर अपने प्राणनाथ की सेवा करने लगीं। प्रताप मिश्र उस समय के सुप्रसिद्ध वैद्य थे। काफी जांच-पड़ताल के बाद उन्होंने कहा कि "राजा साहब को संग्रहणी की बीमारी हो गई है। ईश्वर की कृपा होगी, तो शीघ्र ही अच्छे हो जाएंगे।"

पति की सेवा के बाद रानी स्वयं उनके नाम से गीता, रामायण का पाठ करने लगीं। झांसी के तमाम नर-नारी अपने राजा साहब के रोग निवारण के लिए मन्दिरों में जाकर पूजा-अर्चना करने लगे, किन्तु जाने वाले को कौन रोक सकता है? 20 नवम्बर की सुबह ही राजा की स्थिति खराब हो गई। अतः मोरोपन्त, रघुनाथसिंह, राव दुल्हाजू, जवाहर सिंह आदि झांसी राज्य के वरिष्ठ अधिकारियों ने राजा साहब से अनुरोध किया, "किसी लड़के को गोद ले लिया जाए।"

महारानी से भी विचार लिया गया, "रानी साहिबा, आपकी क्या राय है इस बारे में?"

"राज्य को उत्तराधिकारी तो चाहिए ही, बिना उत्तराधिकारी के राज्य कैसे चलेगा?"

"तो दत्तक पुत्र लेने की प्रक्रिया की जाए!"

"शुरू करें।"

शीघ्रातिशीघ्र दत्तक विधान की तैयारी की गई। झांसी की जनता के मुखिया आमन्त्रित किए गए। साथ-साथ तत्कालीन मेजर एलिस, असिस्टेन्ट पोलिटीकल एजेन्ट था, जो मेजर मालकन की जगह पर झांसी में आया था और मालकन को किसी दूसरे स्थान पर भेज दिया गया था, उसे और पोलिटीकल एजेन्ट एवं अंग्रेजी सेना के अफसर कप्तान मार्टिन को भी बुलाया गया। सबके सामने राजा साहब ने प्रस्ताव रखा, "हमारे कुटुम्बी वासुदेव राव नेवालकर का एक पुत्र आनन्द राव है, पांच वर्ष का लड़का है। बहुत ही सुन्दर और होनहार है। उसी को मैं गोद लेना चाहता हूं। यदि रानी साहब स्वीकार करें, तो मैं आज ही शास्त्रानुसार गोद ले लूं।"

रानी साहब ने तो अपना समर्थन पहले ही दे दिया था। अतः राजा साहब ने कम्पनी सरकार के नाम पत्र लिखा –

"बुन्देलखंड में कम्पनी सरकार का राज्य स्थापित होने के पहले से हमारे पूर्वज उनकी हर तरह से सहायता करते आए हैं और मैंने स्वयं जीवन-भर सहायता की है। मेरे घराने के साथ कम्पनी सरकार की जो संधियां समय-समय

पर हुई हैं, उनसे हमारा हक बराबर पुष्ट होता चला आया है। मैं इस समय रोगग्रस्त हूं। अच्छे होने की आशा है और यह भी आशा है कि स्वस्थ होने पर मेरे सन्तान हो; परन्तु यह सोचकर कि कदाचित् मेरा देहान्त हो जाय और बिना उत्तराधिकारी के यह राज्य नष्ट हो जाए, अपने कुटुम्ब के एक पांचवर्षीय बालक आनन्द राव को धर्मशास्त्र के अनुसार गोद लिया है। वह नाते में मेरा पौत्र लगता है। यदि मैं स्वस्थ न हो सका और मेरा देहान्त हो गया, तो यही बालक, जिसका नाम गोद के उपरान्त दामोदर राव रखा गया है, झांसी राज्य का उत्तराधिकारी होगा। जब तक मेरी पत्नी जीवित रहे, तब तक इस राज्य की स्वामिनी और इस बालक की माता समझी जावे और इस राज्य की व्यवस्था उसी के आधीन रहे। मैं चाहता हूं कि उसको किसी प्रकार का कष्ट न हो।"

राजा गंगाधर राव ने स्वयं अपने हाथ में अधिकार पत्र लिया और अचूक दृष्टि से एक बार एलिस की ओर देखकर उसके हाथ में वह खरीता थमा दिया।

जिस समय खरीता एलिस के हाथ में थमाया जा रहा था, उस समय रानी भी वहीं पर पर्दे के पीछे में सिसकियां भर रही थीं। कहते हैं, एलिस और मार्टिन के अतिरिक्त वहां पर जितने भी सज्जन उपस्थित थे, हठात् राजा और रानी के साथ में फूट-फूट कर रोने लगे। फिर भी रोते-रोते मोरोपन्त जी ने अंग्रेज बन्धुओं को इत्र-पान भेंट किए और फिर खरीता उत्सव का विसर्जन किया गया।

समय धीरे-धीरे अपनी गति से चलता रहा। उस दिन 20 नवम्बर था। संध्या के चार बजे थे। रंगमहल के प्रांगण में जनता की विशाल भीड़ थी। सब के सब राजा साहब का कुशल समाचार पूछने आए थे। राजा साहब राजमहल के अन्दर थे। रानी के अतिरिक्त मोरोपन्त एवं नाना मोपटकर भी वहीं पर खड़े थे। राजा साहब ने एक बार सरसरी निगाह से सबों की ओर देखा और अन्त में झांसी की रानी लक्ष्मीबाई की ओर देखकर "हरि ऊं...' का उच्चारण किए। "लक्ष्मी' के लिए 'गंगा' का वही अन्तिम आशीर्वाद था।

झांसी के कोने-कोने में हाहाकार मच गया। हाय अभी महारानी की उम्र ही कितनी है! अठारह वर्षीया रानी को हाथ की चूड़ियां फोड़नी पड़ीं! ओह! उसके माथे पर सिन्दूर कितना शोभता था! भगवान ने एक मासूम मुन्ना भी दिया था, वह भी असमय ही छिन गया। लक्ष्मी और दुर्गा के भाग्य में भी 'वैधव्य' लिखा रहता है क्या? मोरोपन्त जी की हालत! ओह! किसी मां को भी इतना दर्द न हुआ होगा, इसको कौन धैर्य धारण करने की प्रेरणा दे। आज झांसी में कहीं भी प्रकाश नजर नहीं आता। हां, सिर्फ एक जगह मालूम पड़ती है...वहां...लक्ष्मीताल के किनारे, लेकिन वहां तो राजा गंगाधर राव के शव का दाह-संस्कार हो रहा था। राजा पंचतत्व में विलीन हो चुके थे। उनकी अस्थियों का विसर्जन गंगा नदी में किया गया। रानी अब निसहाय और अकेली पड़ चुकी थी। रानी ने अपने पति की स्मृति में एक भव्य समाधि स्थल का निर्माण भी करवाया।

एक संन्यासी का अलख निरंजन

उन दिनों देश में एक संन्यासी बहुत बेचैन थे। कहने को तो उन्होंने संन्यास लिया हुआ था। आर्ष ज्ञान की प्राप्ति के लिए बेचैन थे और धर्म सुधार करना चाहते थे, लेकिन देश में अंग्रेजों के होते विस्तार से भी वे बहुत खिन्न थे, इसलिए राजा-महाराजाओं को अंग्रेजों के खिलाफ उठ खड़े होने का आवाहन भी करते थे। उस दिन वह साधु झांसी में आया हुआ था। रानी ने उसका बड़ा ही सत्कार किया और बाद में राजकाज पर चर्चा होने लगी।

"महात्मन् आपको हमारी झांसी कैसी लगी?"

"पूरा देश ही पराधीनता की बेड़ियों में जकड़ता जा रहा है, ऐसे में झांसी में भी आकर आंखों से आंसू ही टपकते हैं।"

"इस पराधीनता की बेड़ियों को कैसे काटा जा सकता है महात्मन?"

"कोई एक राज्य इसे नहीं काट सकता, क्योंकि अंग्रेजों का जाल अटक से कटक और कश्मीर से कन्याकुमारी तक फैल चुका है।"

"तो फिर?"

"देश में सामूहिक क्रांति की जरूरत होगी।"

"सामूहिक क्रांति कैसे संभव है?"

"क्यों संभव नहीं है, क्या शंकराचार्य ने सारे देश से अज्ञान का विनाश नहीं किया और चार धाम स्थापित नहीं किए!"

"वह अलग बात है!"

"अलग कैसे है, जो काम शंकराचार्य ने धर्म की रक्षा के लिए किया, वही काम मैं राष्ट्र रक्षा के लिए कर रहा हूं, इसीलिए झांसी में आया हूं, यदि देश

में क्रांति का आगाज होता है, तो समय आने पर देश के सब देशी राज्यों को एकजुट होकर अंग्रेजों को देश से बाहर निकालना होगा।"

"अद्‌भुत विचार हैं महात्मन आपके। झांसी आपके विचारों की कायल है। हम आपसे सहमत हैं, जब आप चाहेंगे, झांसी के हर नर-नारी के हाथ में तलवार चमक उठेगी।"

कहते हैं कि इस साधु को ही 1857 की क्रांति की चिंगारी भड़काने का श्रेय जाता है। 'स्वतंत्रता आंदोलन में मेरठ का योगदान' नामक पुस्तक में उस साधु के बारे में कहा गया है कि बाद में यह साधु स्वामी दयानंद सरस्वती के नाम से विख्यात हुआ, जिसने आर्य समाज की स्थापना की थी। झांसी 1857 के संग्राम का एक प्रमुख केन्द्र बन गया, जहां हिंसा भड़क उठी। रानी लक्ष्मीबाई ने झांसी की सुरक्षा को सुदृढ़ करना शुरू कर दिया और एक स्वयंसेवक सेना का गठन प्रारम्भ किया। अंग्रेजों के लिए भारत में जीना मुश्किल हो रहा था। उन्हें जगह-जगह मौत के घाट उतारा जाने लगा।

महारानी का बलिदान

डलहौजी की राज्य हड़पने की नीति के अन्तर्गत ब्रितानी राज्य ने दामोदर राव, जो उस समय बालक ही थे, को झांसी राज्य का उत्तराधिकारी मानने से इनकार कर दिया, तथा झांसी राज्य को ब्रितानी राज्य में मिलाने का निश्चय कर लिया। तब रानी लक्ष्मीबाई ने ब्रितानी वकील जान लैंग की सलाह ली और लंदन की अदालत में मुकदमा दायर किया। यद्यपि मुकदमे में बहुत बहस हुई, परन्तु इसे खारिज कर दिया गया। ब्रितानी अधिकारियों ने राज्य का खजाना जब्त कर लिया और उनके पति के कर्ज को रानी के सालाना खर्च में से काट लिया गया। इसके साथ ही रानी को झांसी के किले को छोड़ कर झांसी के रानीमहल में जाना पड़ा, पर रानी लक्ष्मीबाई ने हर कीमत पर झांसी राज्य की रक्षा करने का निश्चय कर लिया था।

18 जून, 1858, ज्येष्ठ शुक्ला सप्तमी को शुक्रवार का दिन था। सुबह की पूजा-अर्चना समाप्त करने के बाद हठात् महारानी लक्ष्मीबाई को वेदों के पावन मंत्र याद आ जाते हैं। उन्होंने उनका मन-ही-मन उच्चारण किया।

वेद मंत्रों के बाद उन्होंने शांति पाठ किया और फिर अतीव हर्ष के साथ उन्होंने अपने पंच सरदारों को बुलाया और मुस्कराते हुए उन्होंने अन्तिम निवेदन प्रस्तुत किया, "आज मैं अन्तिम युद्ध लड़ने जा रही हूं। तुम लोग भी धैर्य और साहस से काम लेना। मैंने तात्यां टोपे और राव साहब को समझाया है। संकट का समय आते ही सिंधिया की सेना हम से फूट जाएगी और अधिक सम्भव है, गोरी पल्टन में शामिल होकर वह पेशवाई सेना पर ही गोले-बारूद की वर्षा करे। तुम लोग सिंधिया की सेना से होशियार रहना।

अपने लाल कुर्ती वाले सवारों को अपने वश में रखना। मुझे आशा है, वे लोग युद्ध के मैदान में भी अनुशासन का पतन करेंगे," रामचन्द्र देशमुख की ओर घूमकर उन्होंने आदेश दिया, "दामोदर को आज तुम पीठ पर बांधो। यदि मैं मारी जाऊं तो इसको किसी तरह सुरक्षित दक्षिण पहुंचा देना। तुमको आज मेरे प्राणों से बढ़कर अपनी रक्षा की चिन्ता करनी होगी। दूसरी बात यह है कि मारी जाने पर ये विधर्मी मेरी देह को न छूने पाएं। बस, घोड़ा लाओ।"

युद्ध के भयंकर गोले बरसने लगे थे। प्रथम दिन की हार के कारण-अंग्रेज जनरल आज बहुत अधिक सावधान थे। रोज ने आज अपनी पूरी ताकत लगा दी थी। आज ग्वालियर पर चारों तरफ से आक्रमण किया गया, किन्तु पूरब की ओर से सबसे अधिक तैयारी थी।

युद्ध आरम्भ हो गया। बन्दूकों की मार ने हाहाकार मचा दिया। रानी के रणकौशल को देखकर अंग्रेज जनरल कांप उठे।

17 जून को ही ह्यूरोज ने ग्वालियर पर कब्जा कर लिया था, लेकिन झांसी की रानी ने आत्म-समर्पण का रास्ता न चुन कर सेना का सामना करने का निश्चय किया। झांसी की रानी अपने घोड़े पर नहीं, बल्कि किसी और घोड़े पर बैठ कर युद्ध लड़ रही थीं। वह पुरुषों के कपड़े में थीं, इसीलिए घायल होने के बाद उन्हें कोई पहचान नहीं पाया। परंतु अचानक ही भाग्य ने धोखा दे दिया रास्ते में एक नाला आ गया। घोड़ा नाले पर तेजी से छलांग न लगा पाया। तभी अंग्रेज घुड़सवार वहां पहुंच गया। एक ने पीछे से रानी के सिर पर हमला बोल दिया, जिससे उनके सिर का दाहिना भाग कट गया और उनकी एक आंख भी बाहर चली आई। उसी समय दूसरे गोरे सैनिक ने संगीन से उनके छाती पर वार किया, लेकिन अत्यंत घायल होने पर भी रानी अपनी तलवार चलाती रहीं और उन्होंने दोनों आक्रमणकारियों का वध कर डाला, फिर वे स्वयं भूमि पर गिर पड़ीं। चारों तरफ लहू से धरती लाल हो गई।

वफादार पठान सरदार गौस खाँ अब भी रानी के साथ था। उसका दावानल रौद्र रूप देख कर गोरे भाग खड़े हुए। स्वामिभक्त रामराव देशमुख

अन्त तक रानी के साथ ही था, रानी की सेवा में कोई कमी नहीं रखी। उन्होंने रानी के रक्त रंजित शरीर को समीप ही बाबा गंगादास की कुटिया में पहुँचाया। रानी ने अत्यंत प्यास से व्याकुल हो जल मांगा और बाबा गंगादास ने उन्हें अपने पवित्र हांथों से जल पिलाया। वेद मंत्रों के उच्चारण के साथ ही रानी ने इस दुनिया को अलविदा कह दिया। रानी झांसी का वहीं अंतिम संस्कार कर दिया गया। 23 वर्ष की छोटी-सी आयु में ही लक्ष्मीबाई ने 18 जून, 1858 अपने प्राणों की आहुति दे दी। जहां अंतिम संस्कार किया गया था, वहां आज रानी की पावन समाधि है, जिस पर असंख्य लोग प्रतिदिन श्रद्धासुमन अर्पित करते हैं।

•••

प्रश्नोत्तरी

1. झांसी की रानी के बचपन का क्या नाम था?

   (अ) मणि (ब) मनु

   (स) कर्णिका (द) सजीली

2. मनु की माता जी का क्या नाम था?

   (अ) भागीरथी (ब) रामो

   (स) सीता (द) यशोदा

3. मनु को छबीली नाम किसने दिया था?

   (अ) गंगाधर ने (ब) दयानंद ने

   (स) बाजीराव (द) शिवाजी ने

4. मनु बचपन में क्या खेला करती थीं?

   (अ) तीर-तलवार चलाने के खेल (ब) कबड्डी

   (स) गिल्ली-डंडा (द) कंचे

5. लक्ष्मीबाई के पति का क्या नाम था?

   (अ) श्यामानंद (ब) रामा राव

   (स) गंगाराम (द) गंगाधर राव

6. झांसी रानी ने जिस लड़के को गोद लिया था, उसका क्या नाम था?

(अ) दामोदर राव (ब) हरिमोहन

(स) रामलाल (द) हरिहर

7. झांसी की रानी के दरबार में कौन संन्यासी आया था?

(अ) विवेकानंद (ब) छन्द

(स) बाबा गंगाराम (द) स्वामी दयानंद सरस्वती

8. राज्य हड़पने की नीति किसने चलाई थी?

(अ) ह्यूरोज़ ने (ब) लार्ड डलहौजी ने

(स) गांधी जी ने (द) मुग़लों ने

9. रानी का अंतिम संस्कार किस संत ने किया था?

(अ) दयानंद ने (ब) विवेकानंद ने

(स) बाबा गंगादास ने (द) गंगाधर ने

10. झांसी की रानी ने किस दिन बलिदान दिया था?

(अ) 18 जून, 1858 को (ब) 15 अगस्त, 1947

(स) 26 जनवरी, 1950 (द) 15 मार्च, 1857

उत्तर

1. ब 2. अ 3. स 4. अ 5. द 6. अ 7. द 8. ब 9. स 10. अ